中华

ZHONGHUA HUN

魂

U0723458

百部爱国故事丛书

高洁无私的襟怀

——知识分子的楷模蒋筑英

叶卫兵　李昕阳　编著

吉林人民出版社

图书在版编目（CIP）数据

高洁无私的襟怀：知识分子的楷模蒋筑英 / 叶卫兵，
李昕阳编著 . -- 长春：吉林人民出版社，2011.3（2021.8 重印）
（中华魂·百部爱国故事丛书）
ISBN 978-7-206-07558-2

Ⅰ . ①高… Ⅱ . ①叶… ②李… Ⅲ . ①故事—中国—
当代 Ⅳ . ① I247.8

中国版本图书馆 CIP 数据核字 (2011) 第 032612 号

高洁无私的襟怀
——知识分子的楷模蒋筑英
GAOJIE WUSI DE JINHUAI
 ——ZHISHI FENZI DE KAIMO JIANGZHUYING

编　　著：叶卫兵　李昕阳
责任编辑：关亦淳　　　　封面设计：孙浩瀚
制　　作：吉林人民出版社图文设计印务中心
吉林人民出版社出版 发行（长春市人民大街7548号　邮政编码：130022）
印　　刷：北京一鑫印务有限责任公司
开　　本：787mm×1092mm　　1/16
印　　张：8　　　　字　数：64千字
标准书号：ISBN 978-7-206-07558-2
版　　次：2011年3月第1版　　印　次：2021年8月第2次印刷
定　　价：35.00 元

如发现印装质量问题，影响阅读，请与出版社联系调换。

总 序

　　《中华魂》是一套故事丛书。它汇集了我国自鸦片战争以来一百八十余年间的近百位民族英雄、仁人志士、革命领袖、先进模范人物的生动感人事迹，表现了他们作为中华儿女的伟大的爱国主义精神。

　　爱国主义是人们对于"生于斯、长于斯、衣食于斯"的祖国的一种神圣感情，是人们对于自己民族的一种强烈的责任感和使命感，是感召和激励整个中华民族的一面永不褪色的旗帜。在一百多年的中国近现代史上，爱国主义一直激励着中华儿女为祖国的独立、统一、进步和繁荣而英勇奋斗。从"苟利国家生死以，岂因祸福避趋之"的林则徐，到"我自横刀向天笑，去留肝胆两昆仑"的谭嗣同;从"铁肩担道义,妙手著文章"的李大钊,到"青春换得江山壮,碧血染将天地红"的赵一曼;从"县委书记的好榜样"的焦裕禄,到"问鼎长天,扬我国威"的邓稼先……都表现出了强烈的爱国主义精神。正是由于热爱祖国的人们前仆后继地奋斗,国家和民族才得以生存,才能够在一次次历史危急关头转危为安,走向兴盛和富强,从而屹立于世界民族之林。爱国主义是鼓舞中华儿女历经忧患、跨越沧桑、百折不挠、自强不息的伟大力量,它贯穿于中华民族的整个历史,并有力地凝聚着五洲四海的中国人。

爱国主义是一个历史的范畴,在社会发展的不同阶段、不同时期有不同的具体内容。革命时期,需要我们为祖国的独立自主出生入死;建设时期,需要我们为祖国的繁荣富强增砖添瓦。在全国各族人民团结一心,开启全面建设社会主义现代化国家新征程的今天,我们要争做一名新时期的爱国者。新时期的爱国者要有强烈的民族自尊心、自豪感。民族自尊心、自豪感是任何时期、任何爱国者都必须具备的情感。民族自尊心能增强我们自立向上的恒心,民族自豪感能树立我们建设祖国的信心。要树立"祖国高于一切"的崇高信念,为了祖国和人民的利益不惜抛却个人的利益,甚至不惜牺牲个人的生命。我们要树立终身学习的理念,拓宽自己的知识面,广泛吸收新知识、新技术,完善自身的知识结构,更新学习知识的方法与理念,从思想上、知识上充分武装自己,为祖国的繁荣昌盛贡献力量。

爱国主义思想的继承和发扬,是关系到民族盛衰、国家兴亡的根本问题。爱国主义思想情操的形成,需要不断地培养。培养爱国主义精神的一个重要途径是向英雄人物和典范事迹学习和致敬。这套丛书的出版,对于青少年向英雄和先进人物学习,特别是对于在中小学生中进行爱国主义教育是不可多得的生动的教材。祝愿此书出版发行成功,为培养时代新人做出贡献。

胡维革

中华魂

百部爱国故事丛书

编 委 会

策　划：　胡维革　吴铁光

　　　　　林　巍　冯子龙

主　编：　胡维革　邢万生

副主编：　贾淑文　杨九屹

编　委：　(按姓氏笔画为序)

　　　　　于二辉　刘士琳

　　　　　刘文辉　孙建军

　　　　　李艳萍　吴兰萍

　　　　　谷艳秋　隋　军

我的一切，包括知识、技能，都是党给的，人民给的。为人民服务，为党的事业奋斗，是我的光荣职责。

——蒋筑英

目　录

中华魂 百部爱国故事丛书
ZHONGHUA HUN

蒋筑英是中国科学院长春光学精密机械研究所第四研究室代理主任，副研究员。

1982年6月13日，他隐瞒了自己严重的病情南下几千公里到四川成都去出公差，验收真空模拟装置，由于病情恶化，不幸于6月15日以身殉职，年仅43岁。蒋筑英勤奋好学，奋勇攀登科学技术高峰，为祖国的科学事业做出了很大的贡献。虽然他离开我们已经近40年，但是，他的先进事迹却永远留在人们心中，激励着我们每一个人在人生的道路上前进。

战乱之中降人世

"水光潋滟晴方好，山色空蒙雨亦奇。欲把西湖比西子，淡妆浓抹总相宜。"爱好古诗的人一定知道，这是北宋著名诗人苏轼在杭州做地方官时写下的优美诗篇。是啊，美丽的西湖，如一颗璀璨夺目的明珠，把杭州城打扮得婀娜多姿，分外妖娆。俗话说："上有天堂，下有苏杭。"可见，杭州确是很迷人的。

这座美丽的城市——杭州就是蒋筑英的家乡。然而，蒋筑英的出生地并不在这里。说起来，这中间还有一段苦难辛酸的经历呢！

　　爱国科技工作者的楷模，一代中年知识分子的杰出代表，工人阶级的先锋战士，我们学习的榜样——蒋筑英同志。

努力学习马克思主义　树立共产主义世界观

必须经常地用共产主义世界观和无产阶级的立场去观察社会，检查不正确的思想，不正确的思想方法……检查的标准有五条：a.很好的共产主义道德，坚定的革命气节；b.革命的勇敢性，是否随波逐流，是否敢于公开地承认自己的缺点；c.真正地学到马列主义的理论和方法；d.对党对人民最诚恳、坦白；e.高尚的自尊心和自爱心。

（摘自学习《论共产党员的修养》笔记）

1937年"卢沟桥事变"以后，日本帝国主义的铁蹄开始践踏中国的广袤国土，杭州虽地处南方，也不能幸免于难，遭到了敌机的狂轰滥炸。尘烟弥漫，火光冲天，顷刻间美丽的西子湖愁云密布，雄伟的钱塘江大桥臂断墩塌。逃难的人群呼儿唤女哭成一片，往乡下去，纷纷奔逃到想象中的安全地方。

"中华民族到了最危险的时候"，多少华夏英雄儿女为了挽救祖国的危亡，民族的灾难，赴汤蹈火，与

　　必须树立无产阶级的世界观，改造非无产阶级的世界观和立场，改造的方法和道路是：①学习马列主义理论；②在革命的实践中改造。改造的内容……归纳为七个方面；a.学习理论，运用理论；b.要有无产阶级的战略战术的修养；c.要有无产阶级思想意识和道德品质的修养；d.坚持党内团结，遵守纪律，进行批评与自我批评；e.艰苦奋斗的作风，政治上要站稳无产阶级立场，思想是无产阶级世界观，工作上有干劲，有朝气，生活上艰苦朴素；f.善于联系群众，在工作上要走群众路线，生活上要和群众打成一片。思想上树立起为人民服务的观点，在方法上要参加群众的革命斗争；g.各类科学知识的修养，包括自然、社会。对每个人来说，有不同的重点。我的重点是a、c、e、g四点。

（摘自哲学学习笔记）

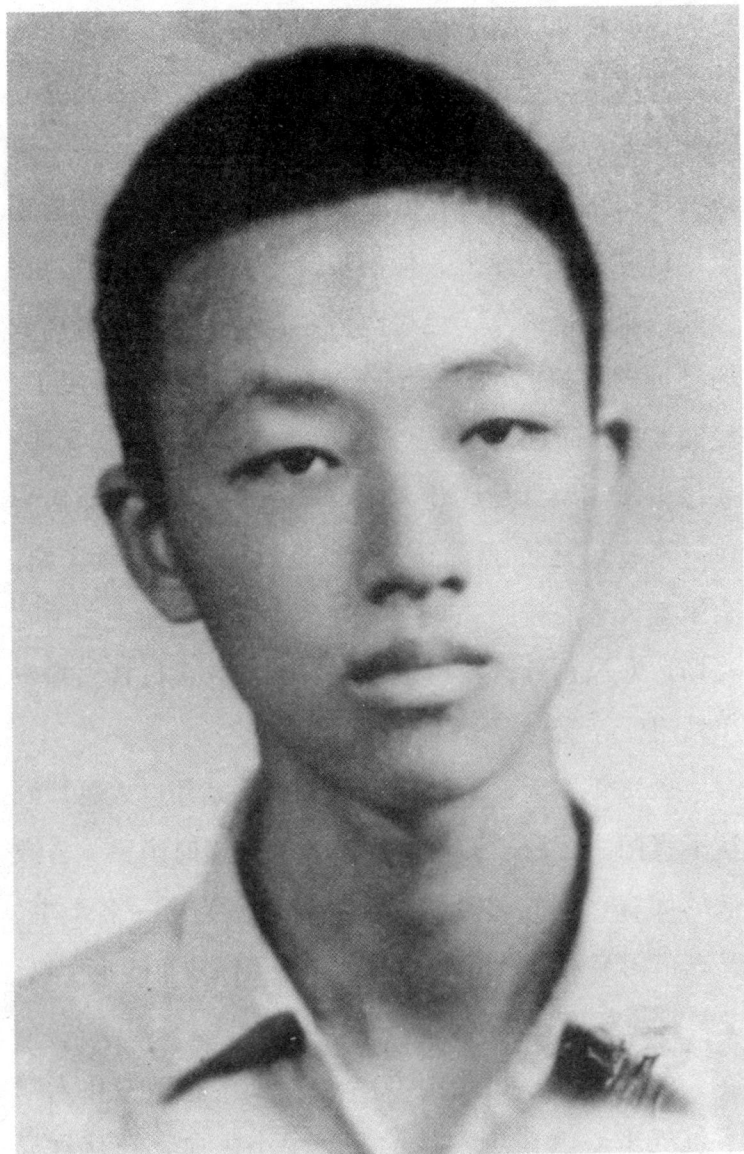

高洁无私的襟怀
——知识分子的楷模蒋筑英

　　1953年，蒋筑英毕业于杭州第一初级中学，这是他初中毕业时的留影。

日寇顽强搏斗，无数的劳苦大众颠沛流离，辗转于水深火热之中。在这些逃难的人群中，有个在杭州某小银行当职员的人叫蒋树敏，他带着自己的亲人——母亲、妹妹、妻子和一个女儿，扶老携幼，5个人步履艰难地行进着。一路上，他们步行、坐船、搭便车、挤公共汽车、扒火车，经过南昌、长沙，准备奔往离战场较远的四川。可是，到了长沙以后却一筹莫展了：难民太多，而且大多是逃往内地，车站整天人山人海，要想买张车票真是比登天还难。一家人只好在旅店暂住下来，可是待了一个多月，也没能抢购到汽车票。全家整天愁眉苦脸，唉声叹气。农历大年初一，雪花飞扬，寒风刺骨，蒋树敏还排着长队，顶风冒雪在汽车站门外等着购票……

1938年春天，历经千辛万苦，蒋家几口人总算到达了贵阳，蒋树敏仰仗着一位亲戚是当时国民党省政府的大官，到农村合作委员会贷放室当了一名干事，又在市内与别人合资开了一间生产药棉纱布的小作坊，总算把全家安顿下来了。

农历七月，正是南方酷暑炎炎，天热得让人喘不过气来。就在这个日子，一个小生命，在这远离故乡的贵阳市降生了。贵阳，又称筑。为了记住这段颠沛流离的经历，父亲就给儿子取名叫筑生。后什么是理论联系实际的学习？①研究现状。a.要联系当前的国际国内政治、思想、经济、文化各方面的情况，一方面要用学到的理论来观察分析这些情况，另一方面从实践中总结新的理论观点，提出自己新的看法，第一步是调查研究。b.要联系自己的思想现状，随时地用学到的理论观点检查自己的思想。②研究历史。要联系国内国外的历史，因为理论的产生都有一定的历史背景，不了解历史条件，就不能掌握理论的实质。每个理论都要完成一定的历史使命，要联系历史首先得占有历史材料，同时对历史要有正确的观点。

（摘自哲学学习笔记）

来，母亲又怀孕了，蒋树敏想让以后出生的孩子都有一个响亮的名字，于是决定第三个字按"英雄豪杰"的顺序排下去。小筑生因为是长子，就改名为筑英。

　　1956年，蒋筑英以优异的成绩考入北京大学物理系光学专业，他学习刻苦，寒暑假有9个是在学校度过的，这是1959年，他与妹妹健雄在清华校园合影。

勤奋谦虚、助人为乐度童年

筑英，从小文静好学，沉默寡言，做事细心，甚至说起话来也文邹邹的。而他的大妹妹健雄却是生性活泼，胆大敢为，倒像个男孩似的。两人在年龄上相差两岁，但读书只差一个年级。他俩开始都在贵阳市

拓展阅读
TUOZHAN YUEDU

我们在研究《自然辩证法》的时候，必须看到，恩格斯在研究自然科学问题上的总的观点（即以辩证唯物主义的方法来研究自然现象）和反映他所接触到的自然科学发展水平的个别自然科学原理是有区别的。它的总方法是不会过时的，因为这种方法是以自然界、社会和思维的基本的辩证发展规律为依据的。相反，一些个别的自然科学的概念则会随着自然科学的发展而过时，而且必然会过时的，因为它们只反映七、八十年前所达到的对自然界的认识程度。

（摘自哲学学习笔记）

高洁无私的襟怀
——知识分子的楷模蒋筑英

一所小学读书，日本投降以后，全家返回家乡杭州，筑英和健雄又转到杭州的抚宁巷小学读书。1949年春杭州终于解放了。为此，学校举办了各种类型的庆祝活动。那一段时间，学校整天像过节一样，好不热闹。这一天，学校举行"热爱祖国，热爱家乡"为主题的演讲比赛。由于蒋筑英和妹妹平时成绩好，都被推选参加比赛。老师再三嘱咐说，站在台上不要紧张，不要慌，镇定自若，心就不会嘣嘣乱跳了。

演讲开始了。健雄可真行，一点也不怯场，讲得绘声绘色，抑扬顿挫，颇有点演讲家的风度，博得了一阵又一阵的掌声。轮到筑英上场，尽管记住了老师的嘱咐，可小筑英还是有点胆怯，总是没有平时练得那么自然、亲切。虽然吐词清晰，井然有序，却没有妹妹老练。结果，妹妹得了第一名，筑英获得第二，健雄拿着学校的奖品十分得意。可不！超过了哥哥，能不得意吗？一回到家，就把喜讯告诉了爸爸妈妈。而筑英呢？本来在全校性比赛中能获得第二名也是不易的，但他一声不吭地回到家里，把奖品悄悄放到抽屉里。

期末考试结束了。健雄拿了成绩单蹦蹦跳跳地回到家，一进门就喊："爸、妈，我得的全是四分、五分（那时四分、五分相当于现在的80、100分）。"妈妈听了当然高兴，接过成绩单，鼓励健雄说："好孩子，继续努力。"不大一会儿，筑英回来了。他放下书包，和平时一样，不声不响地就去提水，根本没提考试成绩的事。妈妈看到这情景后，心里很是纳闷：这孩子，考得不好也该告诉爸爸妈妈呀，以后多下功夫不就行了。等筑英提水回来后，妈妈问："筑英，你的成绩单呢？能给妈妈看看吗？"筑英这才从书包里取出成绩单。妈妈一看全是满分——五分。这时，妈妈把健雄叫到身边，说："你看，哥哥全是满分，你要好好向你哥学习，要谦虚，可不能骄傲自满啊！"妹妹脸一下子红了。从此，俩人互相学习，互相帮助，成绩在班上一直都名列前茅。

筑英不仅学习成绩好，而且思想品德也很高尚，从小就养成了助人为乐的习惯。

有一次，放学后，筑英领着妹妹健雄高高兴兴地走在回家的路上。这时，他们发现前面有一个农民伯伯正吃力地拉着一辆手推车，艰难地走着。健雄一看，顿时眼珠一转，"鬼点子"上来了。只见她把书包拿下来，悄悄地放在手推车后面，然后将哥哥的书包抢过来，也放在车后面，并示意哥哥不要吱声。小健雄空着手边走边跳着玩，觉得很是轻松得意。筑英一见是这样，连忙上前将两个书包拿下

　　1962年，蒋筑英在北大毕业后，写信说服了母亲，毅然考取了我国著名光学专家王大珩的研究生。开始了向科学高峰攀登的新生活。这是研究生时期的蒋筑英。

我1978年9月末离开所里到北京学习德语一年，接着到西德工作半年多，前后一共离开所里一年零八个月，在这段时间里，我们国家发生了很大变化，取得了可喜的进步。"文革"结束后国民经济状况迅速好转；文化、教育、科学事业蓬勃发展，人民生活有所改善，安定团结生动活泼的政治局面不断巩固和发展。这些都是贯彻执行党的路线的结果。

（摘自1980年7月29日我的思想汇报）

来，很严肃地对妹妹说："你这样做不对。我们不但不帮助老伯伯推车，反而要往上面加重量，怎么能忍心呢?"说着，就俯下身去，一声不响地去推车。妹妹一看，觉得自己错了。于是也学着哥哥的样子，帮助推起车来。拉车人这时才发现有两个小朋友在帮助推车，非常高兴，等爬过一段坡路以后，拉车人停下车来，很感激地向两位小朋友表示谢意。可筑英却拉着妹妹，和拉车人挥挥手，很快地离开了……

高洁无私的襟怀
——知识分子的楷模蒋筑英

T拓展阅读
TUOZHAN YUEDU

> 三中全会确立四化建设为全党的中心工作，坚持实践是检验真理的唯一标准，恢复和发扬党的优良传统和作风，坚持按劳取酬的社会主义分配原则，任人唯贤的干部路线等等，这一系列方针政策都深得人心。
>
> （摘自1981年4月15日思想汇报）

又有一次，筑英到家附近的小卖店买酱油，刚走近小卖店，就发现一个小女孩在哭，筑英急忙上前去问："小妹妹，你怎么啦？怎么一个人在这里哭呢？"小女孩边哭边结结巴巴地说："我给妈妈买盐，可钱不知丢哪儿了，我……不敢回家，怕妈妈打我。"听到这，筑英摸了摸自己的口袋，正好早晨妈妈给自己买早点的两毛钱还没用呢，本准备节省下来买一本小人书的。筑英犹豫了一会儿，还是拿出了那两毛钱，说："小妹妹，钱找到了，买了东西赶快回家吧！"小妹妹看到钱"找"到了，一下子破涕为笑了。

正是因为筑英平时热心地帮助别人，学习成绩又优秀，他成了抚宁巷小学第一批少儿队员（今天的少先队员）。

红领巾在同学们的胸前飘动，理想的火焰在少年们的胸中燃烧。蒋筑英自从戴上红领巾后，对自己的要求更加严格了，学习也更加刻苦了，而且积极参加集体活动，很快又被大家推选为少年儿童队中队长。这下蒋筑英的学习劲头更足了。

蒋筑英常说，春游和秋游那是他童年时代最难忘的趣事。每次野游，同学们一大早就来到学校，然后在老师的带领下，敲着鼓，吹着号，唱着队歌，踏遍

在王大珩的指导下，蒋筑英顽强探索，在光学传递函数和色变学领域作出了可贵的贡献。这是蒋筑英和王大珩在一起探讨学术问题。

了杭州城的山山水水。在野游中，哪儿有困难，哪儿就有小筑英的身影。遇到胆小的同学过独木桥时，他就上前搀扶着别人；看到别的同学背不动包时，他就上前替别人背上。休息时，他总把自己水壶里的水让给别人喝。同学们都说："蒋筑英是称职的真正的中队长！"

蒋筑英平时有个最大的特点就是勤学好问。遇到一个东西，一件事情，总喜欢问为什么。每次当他采撷到小化石时，总要向地理老师问长问短，有时还要把答案记在随身携带的小本上，他常说那个小本是他"知识的宝库"。蒋筑英曾在他的一则日记中写道：学问学问，就是好学好问，只有这样，才能掌握更多的知识。这一习惯为蒋筑英以后成为一名光学专家，打下了坚实的基础。

梅花香自苦寒来

蒋筑英的家境本来还是过得去的。他家住在杭州市望江门，两间旧房是祖父遗留下来的，这一带在杭州是比较偏僻的，倒也清静。房外是一片片的菜田，春天一到，这里一派生机勃勃的景象，和风吹拂；送来阵阵花草的清香。每到这个时节，筑英总要和弟弟、在我们这样一个脱胎于半封建半殖民地的大国建设社会主义，前人没有干过，没有经验可以借鉴，犯错误、走弯路是不可避免的。现在我们正是从失败的教训中开始分清什么是社会主义，什么是封建主义、资本主义，从而明确了前进的方向。"失败是成功之母"，认真吸取教训就可以把事情办得好一点，就可以接近成功一点。

（摘自1980年7月29日我的思想汇报）

妹妹们到野外去捉蜻蜓，到小沟里摸螃蟹。那时的生活对蒋筑英来说，是无忧无虑的。虽然生活比较艰苦，但他感到很满足。

然而，好景不长，1952年春天，蒋筑英的父亲被送往农场劳动审查。那时，蒋筑英才15岁，正在杭州初级中学读书，下面还有三个妹妹和两个弟弟，母亲又没有工作。本来一家人靠父亲的工资可以维持生活，可现在却断了经济来源，生活也成了问题。怎么办呢？从此以后，小筑英和弟弟、妹妹们一起，帮助妈妈糊

　　我们只能走社会主义道路，它符合我国人民的目前和长远利益，因此得到全国人民的拥护和支持。坚持社会主义符合我国绝大多数人的利益和愿望，因此只有坚持社会主义方向才是我国的真正前途。

（摘自1981年4月15日思想汇报）

火柴盒挣钱。小小的年纪就承担起了家庭的重担。

　　每天一放学，蒋筑英放下书包就去干活。有时候为了看书，小筑英想了个办法，在桌上放一块小板，把书本略微垫高些，边糊火柴盒边看书。真是学习、劳动两不误。到了寒暑假，全家人就更忙了。因为除了维持生活外，下学期的学杂费还指望着糊火柴盒的钱呢！兄妹几人就这样一分一厘地赚钱自己供自己上学的。

　　在这样的艰苦条件下，筑英却从来没有忘记别人。尽自己的最大努力去帮助同学。班里有个同学，家境非常贫困。有一次下大雨，那个同学衣服湿了，可再也没有别的衣服换。筑英看在眼里，记在心上。放学回家后第一件事就问妈妈："妈，我有一件衣服不是短了吗？我想送给我的同学，他太可怜了。"妈妈望着筑英那天真、热情的脸庞，一时不知说什么好。是啊！衣服是短了，但不是还有弟弟、妹妹吗？他们可以穿呀。但是作为母亲，能伤害一颗助人为乐的心灵吗？难道还有什么比这更宝贵的吗？妈妈抚摸着小筑英的头，说："好！送去吧。"

像这样的事情，小筑英做得实在太多了。

1953年夏，蒋筑英以优异的成绩，被录取到杭州一中高中。杭州一中，是当时江南的著名中学之一。鲁迅先生也曾经在这里读过书呢，能到这儿来读书的人可都是出类拔萃的学习尖子。

那时，正是我国社会主义建设事业刚刚起步时期，全国一派欣欣向荣的景象。大家都憋足了劲要大干一场，希望将伟大的祖国建设得繁荣富强。这一切也深深打动了蒋筑英那颗年轻的心。那时候，蒋筑英特别爱好无线电，家里有一台很旧的收音机，他总是拿在手里摆弄着。日久天长，没有别人教他也能将收音机拆卸之后又装上。他曾在日记中写道："我很喜欢数学，但我更爱好无线电方面的知识，特别是光学、电子学。现在我们国家在这方面还很薄弱，我长大以后一定要成为一名出色的无线电专业工程师，为祖国的

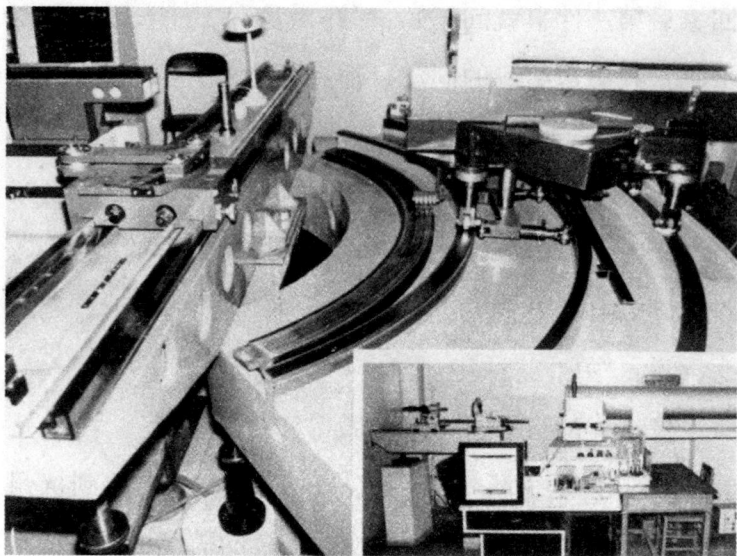

这是蒋筑英1965年为填补我国光学空白研制的ＱＴＦ光学传递函数测试装置以及1981年建立现代化光学检测实验室，改制了进口装置台，设计制造了长焦距导轨。

科学事业做出贡献。"

为了使自己长大以后能真正成长为国家的一位合格建设者，蒋筑英开始发奋学习。成了数理化的尖子。在思想和政治要求上，他也不甘落后。因为父亲的历史问题，他迟迟不能加入共青团。但是蒋筑英并不气馁。虽不是团员，但他时时刻刻都以一个共青团员的标准要求自己，从不放纵自己。他在自己的一次思想总结中这样写道："以前学习是为了掌握一门手艺，将来到社会上能混碗饭吃就行了。今天学好了，将来就

　　由于落实了党在农村的经济政策，农村经济有了很大发展，农民生活迅速好转。我国有80%农业人口，他们生活上安定，经济上有发展，整个国家就安定。生产关系要适合生产力的发展。联产计酬生产责任制能较好地调动农民的生产积极性，因此它是我国当前适合农业生产力发展的生产关系。确定这一生产关系，我们付出了极大的代价／在农轻重的关系方面，积累与消费的比例关系，基建规模、工业管理体制等问题，也在总结正反两方面经验教训后得出了比较正确的认识，这就能保证我国国民经济经过几年调整改革以后稳步地健康地飞速发展。

　　因此，对现在的党中央和中央的路线，我完全拥护、完全信任，对我们国家的前途充满信心。

（摘自1981年4月15日思想汇报）

> 我因为工作需要，前不久和陈愈炽同志去西德地外物理研究所学习工作了半年，我们这次去，主要是学习X光望远镜方面的东西。由于德方热情友好的接待，我们较好地完成了任务。……除了业务上的收获以外，我们还对属于世界上最发达国家之列的西德有了一些感性认识……我认为外国有些好的东西值得我们借鉴，看到资本主义的弊病，则使我们加深对社会主义优越性的认识。
>
> （摘自蒋筑英日记：西德见闻）

不用求别人。但是经过这一段时间的思想教育后，我的思想发生了变化，我已经下定决心要为祖国的建设而发奋，要为中华之崛起而努力。因为只有国家富强了，人民才能过上幸福的生活，才会有前途。如今我们正处在一个伟大的原子时代，科学领域中的许多课题还在等待着我们去探索、去研究，况且我们的国家在科学技术方面和世界先进国家相比还比较落后，如果学习只是为了个人，即使自己有了技术，能混到饭吃，可国家却一穷二白，这又有什么用呢？抱着这样的目的去学习不是太自私、目光太短浅了吗？"是啊，有了这样的决心，还有什么困难不可战胜的呢？

"一份汗水，一分收获。"蒋筑英即将开始人生旅途上的一个转折。

那是1958年蒋筑英被录取到北京大学物理系。

六年寒窗结硕果

当蒋筑英跨进北大校门的时候，他似乎感到自己又踏上一段人生的艰难旅程。由于家庭经济困难，他只能靠人民助学金来完成学业。他常说："生育我者父母，教养我者党。"他学习异常刻苦，准备将来报答党的栽培。

进了大学以后，他越来越感到只掌握一门外语已经不能适应时代的需要，所以，他除了学习英语外，又选了俄语和法语，一个人学习一门外语就不容易了，何况三门外语。而且法语是自选课，平时只能到外语系去旁听，很少有老师辅导，但蒋筑英没有被这些困难吓住，他每天把单词记在卡片上，贴在床头前，早晨起来背，晚上睡觉前还要温习，简直像着了魔似的。有一次，同学们说他做梦时，口里还念念有词地说着

蒋筑英刻苦学习马列著作和毛主席著作，他在这份入党申请书中写道："我觉得一个人生活在我们国家里，从小长到大，从无知到能为社会做一点有益的事情，全在于党和人民的哺育。"

法语。蒋筑英经常一个人自言自语地说着外语。他说："学外语就要自言自语。"这恐怕也是他学外语的一条经验吧。

不过，你可别以为蒋筑英是一个书呆子，他的兴趣爱好可广啦！他是北大棒球队的队员，60年代初，正是我国非常困难时期，别人觉得饭都吃不饱，哪儿还有心思上球场。可他呢？每天业余时间照样活跃在赛场上。他说对生活没有点乐观主义精神，那什么也这几年社会上出现一些消极的思想，崇洋媚外，对社会主义制度发生怀疑，对"只有社会主义才能救中国"产生动摇，对前途失去信心等等。这些消极的东西，向我提出了一系列问题：怎样认识发达的资本主义？怎样认识社会主义的优越性？什么是中国的前途？中国实现四化应当走什么道路？等等。通过对西德和中国两个根本不同的社会制度的对比、分析，使我对一些问题有了比较明确的认识，因而更加坚定了对共产主义的信仰，对中国共产党的信任，对社会主义前途的信心。

（摘自1980年7月29日我的思想汇报）

干不成。不仅如此，蒋筑英还是个业余摄影家哩！瞧，那张未名湖畔的塔影照片，多棒！如果不看署名的话，你一定以为那是名家之作。"我愿意是激流，在山里的小河，在崎岖的路上，岩石上经过……"这是蒋筑英最喜欢的一首诗，那次北大文艺会演，蒋筑英深情地朗诵了这首诗，不知打动了多少北大学子。为此，他

拓展阅读
TUOZHAN YUEDU

　　资本主义社会，在物质生活丰富的同时，精神生活却日趋贫乏，吃喝玩乐成了生活的目标。劳动就是为了挣钱，挣钱用于吃喝玩乐成了天经地义，追求金钱、地位无可非议。尤其现在年轻一代，及时享乐成了生活中不可缺少的东西，因为精神空虚，就要寻求刺激，赌博流行，吸毒现象严重，人与人之间关系变得越来越冷酷，越商品化。这些社会弊病是资本主义的致命伤，是无法克服的。只有在社会主义制度下，才能培养出具有远大理想、高尚道德修养的一代新人，才能建设高度文明的社会。

　　　　　　（摘自1980年7月29日我的思想汇报）

　　获得了文艺演出一等奖。

　　球场上，蒋筑英是那样的生龙活虎，可在实验室里他又那样平静，仔细。物理实验课是蒋筑英最感兴趣的一门课，一到实验室，他就感到浑身有使不完的劲，兴奋不已。因为他知道，搞实用科学，如果仅仅懂一些书本知识，那好比是"纸上谈兵"，学得再好也没用，必须具有较强的实际操作能力。因此，他很珍惜实验室的时间。每次做实验，他都十分积极，认真仔细，特别留心一些细节，别人做不出来的实验，他也做得得心应手，经常得到辅导老师的夸奖，同学们都称他为"实验巧手"。

1959年，学校掀起了教育革命的浪潮，北大物理系光学专业的师生们自己开办了工厂，承担了研制红外光谱的任务。蒋筑英因为在这方面有特长，被分配搞电偶接器。

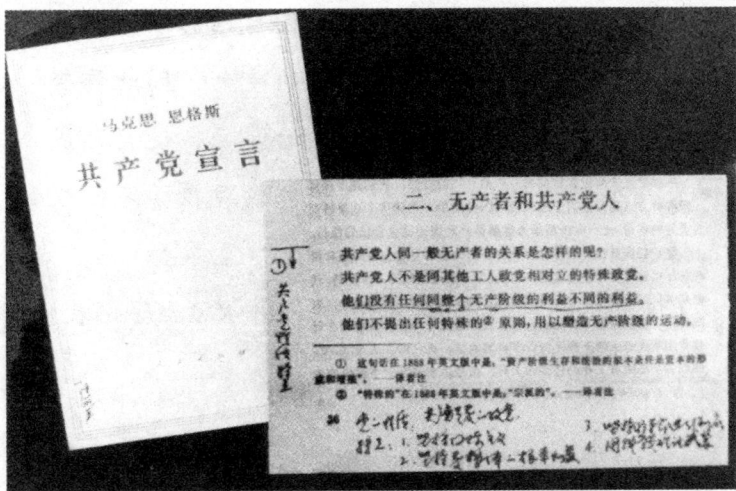

高洁无私的襟怀
——知识分子的楷模蒋筑英

蒋筑英在短暂的一生中，坚定地信仰共产主义，刻苦地学习马列著作和毛主席著作。这是他生前读过的《共产党宣言》。

刻苦学习，做有本领的祖国建设者。

在小学里读书的时候，因为父母的教训，只知道读书用功，将来可以做个什么专家呀、工程师呀，很荣耀。念初中的时候，因为受的教育比较多了，所以也知道将来要为人民服务……考入高中后，经过许多运动的教育，使自己看清了祖国的将来、个人的前途，使自己的生活目的明确起来。感到自己生长在这样一个伟大的时代，要亲手去建设自己的乐园而感到兴奋，同时感到自己责任的重大，因此要努力学习，练好身体，加强政治学习，使自己成为一个祖国的建设者，这就是我现在学习、生活的目的。

（摘自1956年4月7日杭州第一中学学生登记表）

平时做一些小的实验挺容易，可要动"真刀真枪"，研制产品就不那么轻而易举了。热电偶不同于一般工序，它的工艺性很强，没有一定基础的人是很难胜任的。但这对于喜欢做实验，又心灵手巧的蒋筑英

　　这学期，尤其是提出了学生守则后，和上学期比较起来，在某些地方是有了些进步，如：自修比较安静，按时起床就寝，熄灯后不讲话，学校的活动也能参加，值日生每次都做这些进步，一方面是自己对学校纪律有了一定的认识，认识了只有严格的遵守学校纪律，才能培养自己成为全面发展适合于祖国要求的人才，遵守纪律也是每一个青年同学应有的品质。

　　（摘自1955年1月13日杭州第一中学学生操行评定记录表）

是再适合不过的了。他首先开了三个"夜车"，设计好实验计划。搞热电偶首要的工具是点焊机，可当时实验室里没有，学校只有一台，还借给外校的科研单位了。怎么办呢？总不能因为这点困难而撒手不干吧！对！自己做。在同学和老师的帮助下，蒋筑英花了整整一个星期，终于做成了一台自制点焊机，这耗费了蒋筑英多少心血和汗水啊！他那本来就消瘦的脸庞更加瘦了。难怪同学们给他一个外号"条儿"。再说用点

　　学习是为了将来建设社会主义、共产主义。因为学习观点有了一些纠正，故学习态度也比以前踏实，平时重于温习，作业按时完成，为了要把每一门功课都弄懂，所以大部分科目都能专心听，平时在学习上也能帮助别人。认识了参加祖国建设必须要有强健的身体，所以每天早上跑步、参加文体活动、锻炼身体。每天能看报，政治课和政治讨论也比较认真，因为自己认识到只有看见祖国一天天的发展，才能不迷失方向，学习才会有劲。

　　（摘自1954年1月30日杭州第一中学学生操行评定记录表）

焊机焊白金丝是一项要求非常细致，非常严格的工作，稍有不慎，就会因焊断而前功尽弃。蒋筑英拿出了平时的全部经验和技术，一点一点地焊接，结果十分令人满意。

　　这一段时间学习是异常的紧张，白天要做实验，晚上回来还要加班加点地将白天的实验结果总结出来。

他经常教育孩子："人活着不能只为自己过好生活，要负社会责任。"图为蒋筑英的一家，妻子路长琴，女儿蒋路华，儿子蒋路全。

有时白天不能解决的难题，只能等到晚上解决。同学们发现，当宿舍熄灯后，蒋筑英的床经常还是空的。他还在图书馆学习呢！几个月的辛勤劳动，终于换来了累累硕果。他的热电偶实验成功了。在老师的指导下，他又自己编写、刻印了有关热电偶的讲义和疑难解析。

光阴似箭，日月如梭。一转眼，毕业设计又要开始了。对于理工科同学来说，毕业设计的选择非常重要。它关系到以后的专业方向发展，如不谨慎，可能会影响自己的前途，蒋筑英根据自己的爱好和专业特

> 加入党组织是我的光荣归宿。
>
> 一个人的生命是短暂的，但是党的事业是永存的。加入党的组织是我的归宿……我愿意为实现党提出的各项战斗任务，贡献自己的一切力量直至生命。
>
> （摘自《入党志愿书》）

长选了《用转镜照相法研究放电火花光谱》的题目。这可是自己给自己出了难题，光题目难不说，做实验需要的一些设备和器件，实验室里根本没有，得靠自己动手制作。比如投光反射镜，从粗磨、细磨到抛光，一切都得自己手工操作。这项工作做起来不仅单调没劲，而且费时费工。这可难不倒手巧的蒋筑英，他有的是办法。

有一天，几个同学从实验室门口经过，听见里面传来"沙、沙、沙"的研磨金属的响声，这其中还夹杂着念英语单词的声音。真奇怪！是谁呢？同学们悄悄地推开门，蹑手蹑脚地走进实验室一看：是蒋筑英，只见他一手磨着投光反射镜，一手拿着一本外语单词只有每个人愿献出自己的力量，把祖国建设成一个富强的国家，才有个人及家庭的幸福。因此，我决心练好身体，学好功课，将来不论是升学，不论是工作，完全接受祖国的挑选。

（摘自1956年2月2S日在杭州第一中学读高中时的自传）

手册，口里还在不断地念叨着。"你真行！"有位同学说。蒋筑英吓了一大跳，这才发现周围站了这么多同学。"什么时候进来的？吓死我了。"蒋筑英不好意思地说。"你太用功了！""你倒会安排，又工作，又背单词，真是学习、实验两不误啊！"同学们七嘴八舌地说。"这不挺好吗？工具磨好了，单词背会了，时间过得又快，全身都得到了锻炼，磨炼了意志，学会了技术，多好啊！"蒋筑英幽默地说着，可手还没停下来。

功夫不负有心人，几个星期以后，投光反射镜终于做成了，那本外语单词也背会了。蒋筑英就是凭着这样的意志，学会了一门又一门的技术，掌握了丰富的知识。

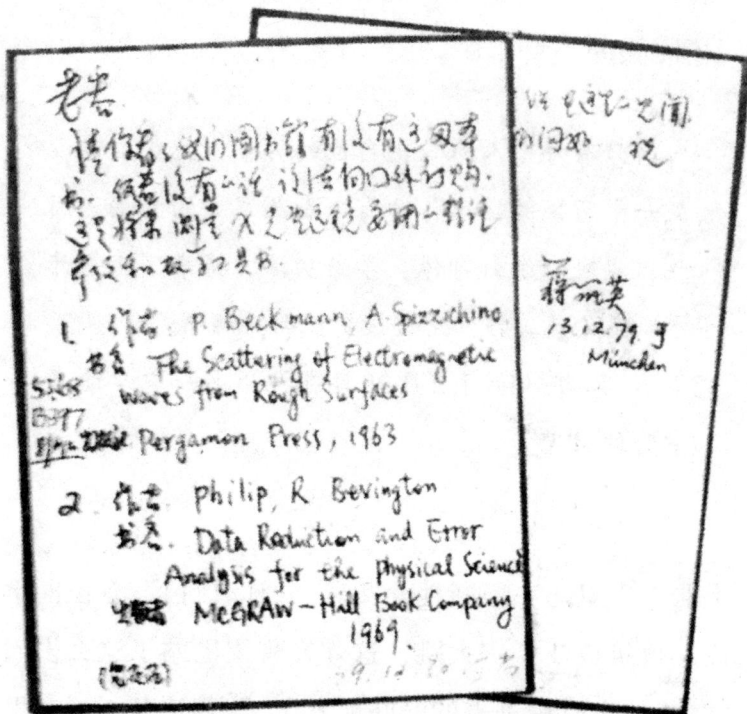

在国外进修期间写给研究所图书馆的信

　　蒋筑英在北大度过了六个春秋，其间遇到过很多学习上的困难，也经历了不少政治运动的严峻锻炼，但他从没有放松过自己的学习。大学期间寒暑假，他经常在学校图书馆里度过的，一来利用假期可以安心学习更多的知识，二是北京离家很远，回去一次需花不少路费，这对生活本来就很拮据的蒋筑英是何等不易！转眼到了1962年，眼看就要毕业了，家里再三来信，希望他能回到南方，到杭州或上海工作，以便照通过自己学习、观察、分析、思考，我认为唯有社会主义，共产主义思想体系和社会制度是最先进的，最科学的。人类社会最终必然进入共产主义，中国共产党代表了全中国人民的根本利益，是在中国建设社会主义，实现共产主义的唯一领导力量、核心力量。我愿意按党章严格要求自己，使自己尽快成为中国共产党的一员，为实现共产主义的崇高理想自觉奋斗，贡献一生。

（摘自1980年7月29日我的思想汇报）

高洁无私的襟怀
——知识分子的楷模蒋筑英

应家庭。他是长子，懂得母亲的艰难，更知母亲的凄苦。多少年来，是母亲一人支撑着全家，为了抚养几个孩子，她起早贪黑，吃尽了苦头，如今已是两鬓斑白，此时的蒋筑英是多么希望能回到母亲身边，承担一个长子的责任，去照顾好母亲和弟弟妹妹啊！但是他追求的是事业，他要为祖国的科学事业而奋斗。他学的专业是光学专门化，中国最大的光学基地在东北，最著名的光学科学家也在东北。岂能燕雀恋窝，要学

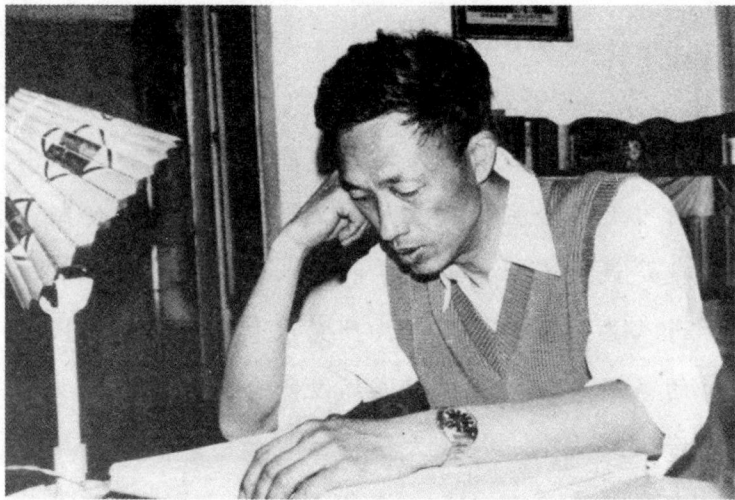

蒋筑英同志刻苦钻研，勤奋好学，他以顽强的恒心和毅力，掌握了英、俄、德、日、法五门专业外语，并能运用到科研中去。这是他在家中学习的情景。

鹏程展翅万里，于是他毅然报考了著名光学专家王大珩的研究生。

那时的东北可不像现在。不仅气候异常严寒，而且生活条件也很差。对于一个南方人来说，到东北来学习生活是需要一定的勇气和决心的。何况家里经济困难，如果毕业后就去工作，可以拿工资多补贴家里。

记得大学的最后一个假期，蒋筑英回到了家里。他耐心地和妈妈商量。妈妈说："筑英啊，读了六年小学，六年中学，六年大学，加起来就是18年，已经不少了啊，为什么还要上学呢？""妈妈，你常常教育我经过这学期的思想教育，我初步建立起为建设祖国而学习的目的。因为只有把祖国建设成社会主义、共产主义，个人才有幸福生活，才有前途。并且我们处在一个伟大的原子时代，许多科学研究都有待我们去做，学习要只是为了自己真是目光太短了，太自私了。

（摘自1955年7月杭州第一中学学生操行评定记录表）

们要努力学习，报效国家。知识就像海，无穷无尽的，我现在还很年轻，趁着年轻打好基础，将来就能干更大的事业。""可弟弟妹妹们还盼着你早点工作多挣点钱，咱们家的境况……"妈妈为难地说："妈妈，您不用担心，上研究生后每个月我有四十几块钱的助学金，我可以想办法给家里寄点钱。"蒋筑英安慰着妈妈。"孩子，长春离这里可是几千公里的路啊，你一个人在外，省吃俭用，看你瘦成这样，在北京六年，你只回家两次，现在到长春，这么远的路，还不知你什么时候能回来。每天晚上，妈妈总是睡不着觉，心里老挂这学期来，我在各方面都有一些进步，尤其在思想认识上有了提高，一方面是学习目的更加明确了，这是由于半年来，祖国各方面的飞跃发展，亲眼看到了这些巨大的变化，加上（第一个）五年计划的学习，使我清楚地看到了祖国美好的远景，而这美好的将来是要靠我们每一个人的努力才能到来的。所以我们必须努力学习，做到功课好、身体好、品行好。准备建设我们伟大的祖国。

（摘自1956年1月杭州第一中学学生操行评定记录表）

念着你，儿行千里母担忧啊！"妈妈说着就哽咽了。

"妈妈，我会常回来的，别看几千里路，坐飞机几个小时就会回来的，可快啦！"蒋筑英见妈妈很难过，就用很逗的话尽量让妈妈开心，"妈妈，您是一个很豁达的人，国家花了那么多的钱培养了我，不就是为了让我多学点技术好为人民服务吗。您常盼着自己的儿女有出息，报答党的恩情，如今我考取了研究生，你应该替我高兴才对，妈妈，您说是吗？"

看儿子早已下定决心要北上，妈妈不再说了。是啊，有这样一个好儿子，妈妈能说什么呢！

夜深了，孩子们都睡熟了，可妈妈一个人还在灯下为即将远行的儿子收拾行李，缝补衣物。"慈母手中线，游子身上衣"啊！

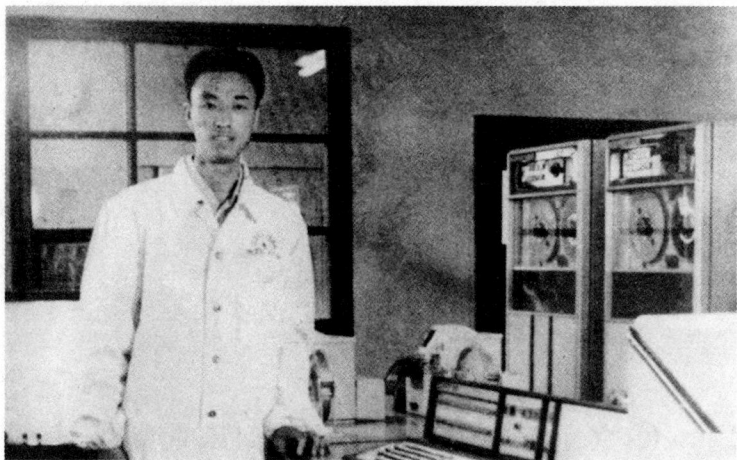

1965年，蒋筑英为了填补我国光学空白，连续奋战700个昼夜，为我国研制了第一台光学传递函数测试装置。这是他在电子计算机房工作后的留影。

　　经过与林彪、"四人帮"的斗争的锻炼和教育，尤其是粉碎"四人帮"以后党中央作出的一系列重大决策，以及我自己的亲身经历，使我进一步感到我们的党是光荣的党、正确的党，伟大的党。党对我们知识分子给予极大的信任，寄以极高的期望。我坚决拥护党的三中全会以来的路线，愿意为实现党的纲领，拿出自己的一切力量。在我七九年十一月去西德学习前，我曾向党支部书面提出入党申请。现在，我再一次提出这一庄严的申请。请党继续考验我吧！

　　　　　　　　　　（摘自1981年4月16日思想汇报）

攀高峰志在必行

　　（"每个人都有自己的理想，自己的追求，有的人追求物质享受，希望生活的幸福、美满，可我渴求的是科学，我要立志攀登科学高峰。"）这是蒋筑英日记中的一段话。1962年，蒋筑英带着满腔热情，只身来到长春，在王大珩教授门下，开始了他走向科学宫殿的起点。

当他挑着简易的行李跨进长春光学精密机械研究所的大门时，许多人不知道所里来了这样一位年轻人。大家认识他，还是在1963年的元旦联欢会上。那天，在联欢会上，全所的职工、学者欢聚一堂，欢声笑语。大家唱啊，跳啊，表演着自己的拿手节目。这时，只见一个瘦高清秀的小伙子走上台去，用他那浑厚高亢的声调朗诵着那首"我愿意是激流"的诗，他那激动、昂扬的眼波里燃烧着炽烈的理想火焰；他那深情、火热的语言，激励着人们冲锋上阵的壮志豪情。在场的每一个人都被他的激情感动了。许多人在下面窃窃私语："这个小伙子到底是谁啊？以前怎么没见过呢？"是啊，当蒋筑英走进光机所的时候并不起眼。但是，他的导师看出来他质朴、正直、勤奋，进取心极强，对学习和工作，有着火一般的热忱，走起路来大步流星，上楼梯一步跨两级。这些品质和劲头，是科技工作者最可贵的。著名光学专家王大珩导师判定：蒋筑英定是块璞玉，经过雕琢，必然会放出奇光异彩。

20世纪60年代初，国外在光学传递函数的研究方面已开始应用于生产实践。这是应用光学的理论，也是一门实用性很强的基础技术。可是这个领域在我国，

1982年，蒋筑英同其他同志一道建立起新的现代化光学检测实验室。图为他和同志们在调试监测器。

当时还是空白。王大珩根据科学的发展和国家建设的需要，决定将蒋筑英的主攻方向定在光学传递函数的研究上。

　　在导师的指导下，蒋筑英开始攻关了。这之前，他已作好了充分的思想准备。他知道，这项科研，是开创性的工作，在我国前无古人，今天谁也没做过。在前进的道路上有重重关卡，有的同志在困难面前退却了。但是，蒋筑英没有被这些所吓倒。在科学的道路上，什么样的困难他都能克服，什么样的硬骨头他经过十一届六中全会，全面地总结历史经验，我们的党变得更加团结，更加朝气蓬勃，真正成为全国人民进行四化建设的坚强领导核心。我认为，历史已证明，中国要富强，人民要幸福，只有依靠党的领导，走社会主义道路，才能实现。由于对社会发展前途，对党的性质、党的方针、路线有了一些正确的认识，对自己思想改造的要求也就开始逐渐从被动变为主动，拿党员的标准来要求自己，学习党员的好思想、好作风，愿意为实现党的奋斗目标贡献自己的一分力量。

（摘自《入党申请书》）

高洁无私的襟怀
——知识分子的楷模蒋筑英

都敢啃。他常说，在科学研究领域里没有平坦的大道，也不会一帆风顺。居里夫人在小木屋里，节衣缩食，废寝忘食，搞四年才发现放射性元素镭。我们搞试验还不到一年呢，没有什么可怕的，继续干。蒋筑英经常以爱迪生的一句名言鼓励自己："天才，是百分之一的灵感，百分之九十九的汗水。"他没有辜负导师的期

蒋筑英任第四研究室代主任期间，他关心科研工作，经常组织室里开展学术活动。图为他（右起第一人）在主持学术讨论会。

望和嘱托，经过七百多个日夜的努力，1965年，26岁的蒋筑英就写出了第一篇关于光学传递函数的论文。这年夏天，他和同伴们一起又建立了我国第一台光学传递函数测量装置。日本学者村里和美参观了这套装置后，深为惊异，竖起大拇指，敬佩地说："想不到中国这么早就搞出这样精度的装置。你们应该向世界宣布，中国人是有才能的！"身为导师，听到外国人这样赞誉自己的学生，王大珩怎么能不高兴呢？可是兴奋之余，他又有所担心；人生三十而立，可蒋筑英此时还不足三十呢。他太嫩了，这个初出茅庐的青年能经

　　祖国迫切需要的是全面发展的建设人才，我要努力改正自己的缺点，在同学们的帮助下，争取全面发展，适合祖国需要，不辜负祖国的教养。

　　（摘自1954年6月30日杭州第一中学学生操行评定记录表）

得起荣誉的考验吗？会不会因为取得这样的成绩而就此止步呢？古往今来，年少有为而后来踏步不前的人也不乏其例。此时的蒋筑英很懂得老师的心意，没有在喝彩声中陶醉，而是更加谦逊好学，孜孜以求。真是严师出高徒啊！

　　此后，蒋筑英又在光学传递函数研究方面取得了一个又一个重要成果，开始在光学领域显露其卓越的才华。

攻克难关显身手

年龄稍大一点的人或许还记得；十几年前，看彩电时，看到荧光屏上人面猪肝色，红旗变成了紫红色。这是全国彩色电视攻关会战遇到的一个难题——彩色复原问题解决不了。

症结何在？采取什么办法加以解决？许多专家学者为此忧心忡忡。王大珩没有因为自己受批斗而放弃科研，他时刻关心着国家的建设，关心着科学事业的发展。为解决这一技术难题，他在长春举办了学习班攻关。白天，蒋筑英用心听王大珩讲课，贪婪地吸吮着有关理论知识的甘露；夜里他独自到所里通过电子计算机进行计算，寻找调配红、蓝、绿三色最佳区的数据。这里

1979年4月13日载有宣传蒋筑英先进事迹的《长春日报》。

> 只有中国共产党才能做全中国人民的领导核心，团结的核心。只有社会主义才是中国的真正前途。这已是中国人民数十年革命斗争历史所证明的。我国是一个人口众多的多民族国家，没有一个坚强的团结的核心，就会四分五裂，变成一盘散沙，任人欺侮宰割。
>
> （摘自1981年4月15日思想汇报）

面，既有颜色光学的问题，又有美学问题，而且还需要无线电子计算机技术的长处。

科学的高峰，只有那些不畏艰难的人才能攀登上去。蒋筑英就是凭着那种坚韧不拔的意志，不屈不挠地向着那顶峰挺进。

夜很深了，可计算机房的灯光时常还在亮着，磁盘在转动，指示灯在闪光，宽行打字机发出咔嗒咔嗒的声响。蒋筑英就是在机器的咔嗒声中送走了一个又一个不眠之夜，迎来了一个又一个黎明。经过一番艰苦的努力，他终于算出了九个矩阵元，编写出《彩色

蒋筑英十分注重科研与生产的结合，经常到全国各地去学习和工作。这是他在中国科学院门前留影。

电视摄像机校色矩阵最优化程序》，这在我国还是首创，在这篇论文里，他提出了解决彩色复原质量问题的新方案。根据这个新方案，蒋筑英又亲自制成了校色矩阵的电路插板。

多少天了，蒋筑英没有睡过一个安稳觉，没有吃过一顿香甜的饭菜。如今，新方案出来了，本该好好休息了，可他倒好，马不停蹄。这天，他带着研究成果，匆匆赶到北京电视设备厂，参加电视整机联调。整机装配完毕后，分别用我国自己研制的彩色电视摄像机和从美国进口的摄像机，拍摄了玩具娃娃。当用

　　我们这一代人肩上负有十分重大的历史任务，要改变我国一穷二白的面貌，建设起人间天堂，这不是轻而易举的事情，必须（经过）十几年，几十年坚持不懈的努力，踏踏实实地工作。从而树立了和党、全国人民共患难，共欢乐的思想。建设社会主义、共产主义成为自己学习的主要动力，因而最近二年来，学习的劲头越来越大，学习也比从前刻苦得多。

　　　　　　（摘自1962年7月31日北京大学学生鉴定表）

进口机器拍摄画面时，玩具娃娃色彩鲜艳，色调柔和。这回该用国产摄像机拍摄了，看看画面色彩如何。

　　这时，在场的每个人心情都有点紧张，整个场面十分安静。"啪"的一声，电视机打开了。怎么搞的，玩具娃娃满身都是绿毛。怎么调试红、绿、蓝三个旋扭都不行，色彩就是不逼真。大家有点失望了。"怎么办？"有人问。这时蒋筑英走上前去，从口袋里拿出一块香烟盒大的东西，那是他自制的校色矩阵的电路插

　　要为实现科技现代化做出贡献。

　　我没有特长，但是我对数理很有兴趣，尤其是无线电工业，电子管、光电管的伟大应用简直吸引了我的心，我的理想是成为一个红色的无线电工程师，但是祖国把我分配到其他的系、科或工作，或者不录取，这也不要紧，因为我可以成为一个业余无线电（工作）者，总之我的理想是能实现的。

　　　　　　　　　　　（摘自1956年2月25日自传）

板。

　　插板装配好了，打开电视。哇！玩具娃娃身上的绿毛一下子没有了。色彩十分鲜艳明亮。"成功啦！"全场欢呼起来，许多人激动得紧紧抱住蒋筑英。有人手疾眼快，当场拨通了中央电视台的电话，让他们把喜讯报告给全国人民。

　　多年未解决的问题今天终于解决了，这在国内是一个伟大创举。他又登上了一座从来没有人登上过的高峰！亲爱的读者，当你在茶余饭后观看彩色电视的任何政党也和人一样，不可能不犯错误。新中国成立之前，党也是在同各种错误作斗争中成长起来的。新中国成立以后在社会主义建设中，党由于缺乏经验，也犯了各种错误，但是党有能力改正错误，带领人民不断前进，其根本原因是党的纲领代表了全国人民的根本利益，并且有毛泽东思想作为自己的指导思想，就能不断战胜困难和挫折，犯了错误也能改正。

（摘自 1981 年 4 月 15 日思想汇报）

时候，你知道这位已经离开了我们的中年科学家为你所作的贡献吗？

当蒋筑英等人在北京解决彩色电视颜色不纯正的问题的消息传开以后，没多久，天津电视台的同志又找上门来求援，非要蒋筑英协助他们解决飞点扫描电视遇到的技术难题。

遇到这样的问题，你说蒋筑英能不去解决吗？蒋筑英当即答应立刻启程前往天津。到了天津以后，不顾旅途疲劳，马上投入"战斗"，很快又解决了这个技

蒋筑英常说:"国家的需要就是我们的责任"。他对企业遇到困难从不袖手旁观,他受聘担任几家工厂的顾问,为他们解决了很多困难。

术难题。

蒋筑英生前帮助人们攻克了多少难题,解决了多少技术问题,恐怕他自己也记不清。

一切为了祖国

蒋筑英在光学领域取得了巨大成就,但是,他从来没有忘记党,没有忘记国家。他在思想汇报中曾这样写道:我觉得,一个人生活在我们国家里,从小到大,从无知到能为社会做一点有益的事情,全在于党和人民的哺育，离开了祖国，离开了我们的社会，离开了党，就不会有我们个人的一切。因此，每个人都要对社会尽自己的责任。要为祖国献出自己的一切。蒋筑英也正是这样去做的，他运用自己掌握的知识，为人民造福，为国家创造了巨额财富。

有一年，吉林省一些部门从国外进口了一批光学器材。我国商检部门请求他帮助检验产品的质量。他二话没说，立即承揽下任务。当他对进口的光学镜头进行全面质量验收时，发现了这批外表看似锃光锋亮的洋货在质量上却存在着严重的问题。他们很快将问题现状拍成照片，交给我方有关部门去向外商提出索赔。这次检查验收，不仅使国家免遭了十几万元的巨额损失，而且维护了祖国的尊严和声誉。

他常说，国家现在有困难，我们要多为国家，而不能只考虑个人私利。1979年，蒋筑英发过一笔"洋财"。那年，光机所计划派一名科研人员到西德地外物理研究所进行访问学习。这可是出国挣钱的好机会，许多人都想去。经过认真挑选，所里认为蒋筑英条件最可靠，决定派他去。他想，现在出国名额有限，谁不想有这样的机会，组织上偏偏给了我。我一定要多为国家作贡献。在国外，他也一心为国家着想，省吃俭用，硬是从口里抠出一笔钱来。一起工作的外国朋

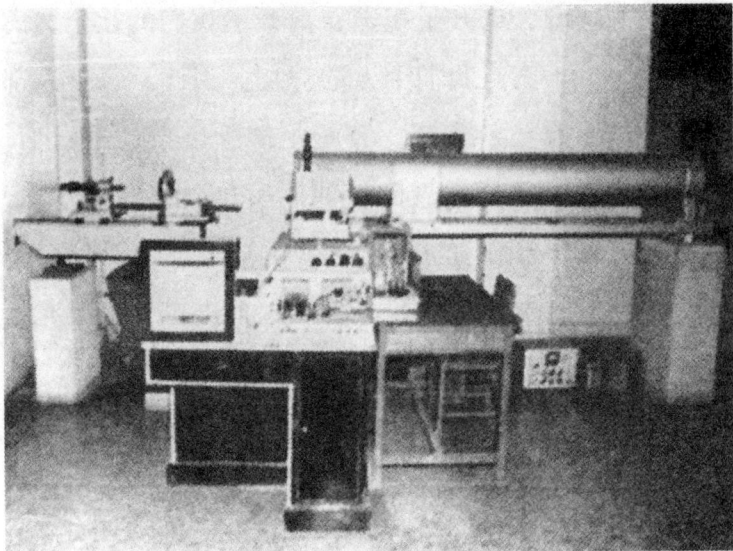

蒋筑英和他的同事们研制的国内第一台光学传递函数装置。

友请他吃饭，他不能不去。但是别人请你，你就得回请别人。可下饭店太费钱了。他决定自己亲自做饭，这样既可以节省点钱，又能让外国朋友尝到中国菜的风味。就是这样，他节省了不少钱，用这钱，他为所里购置了一台英文打字机，一部录音机，十几台电子计算器和一些光学器材部件，而他为家里只买了一台旧货商店出售的折合人民币只有五十元的旧黑白电视机。所里领导同志得知这一切后，很快"批评"了他一顿："你在国外那么辛苦，本应多加强营养，可你却要为所里节省钱，身体要紧啊！"

1981年10月，蒋筑英第二次出国，到美国和西德

　　我入党的问题在您的历史问题有明确结论以后就会很快解决的，现在许多人对入党已无兴趣，但是我想一个人还是应该有个信仰，人活着总不能只是为了自己过好生活，要负社会责任。

（摘自 1981 年 12 月 5 日给父亲的信）

　　为所里的进口设备进行验收。他飞抵伦敦时，迎接他的同志看他提着一个沉甸甸的箱子，再看他眼里布满血丝，知道他一定很累，就决定叫辆出租车送他到旅店，蒋筑英拒绝了，提着箱子挤进了地铁。一到驻地，蒋筑英顾不上休息又忙碌起来。他一边整理随身带来的标准镜头和技术资料，一边了解工作的安排。接他的同志问："吃饭了吗？""没有。""那我给你买饭去。""不用了，我带啦！"蒋筑英边说边从包里拿出榨菜和湖南细粉来。那同志一看到是祖国的特产立即激动起来。他明白了：蒋筑英这样做是想节省钱再给所里添些实验器材和设备。那位同志从蒋筑英手里接过这漂洋过海的榨菜和细粉时，心里不禁一阵发热，说不出

高洁无私的襟怀
——知识分子的楷模蒋筑英

1980年夏，蒋筑英随导师王大珩在北京颐和园接见西德国际光学学会主席罗曼教授（后排左三为蒋筑英）。

是什么滋味，"老蒋啊老蒋，你带着咸菜出国学习，你真把心思全用到'公'字上了！"

是的，他的心，就是这样想着祖国，想着科研！

蒋筑英有自己的家庭，他有一个爱他、支持他的妻子和两个孩子。蒋筑英爱他们，可是却无法过多的关心他们，因为他太忙了。他家住在长春市内的风景区南湖附近。那里有人工湖泊、凉亭和大片的松林，景色很美。一到星期天，许多家长都带着自己的孩子去游园。每当看到别的孩子和父母一道兴奋地去公园时，他的孩子就拽着他的胳膊央求："爸爸，你领我们

　　参加工作二十年，工作比较零碎，许多都是技术服务性工作，国家需要什么就做点什么……体会是：一、要看到国家的需要，要为国家解决实际问题。二、要学以致用，不要漫无边际地去积累知识，要为解决实际问题去学习。三、要善于向周围的同志学习，人各有所长，有的基础理论好，有的实践经验丰富。遇到问题除了自己钻研外，找适当的人讨论讨论，很快就能找到解决的办法。四、要勤动脑，勤动手，知识和技能靠不断积累。科学技术在不断发展，不勤于学习和实践就会落伍。

（摘自业务自传）

高洁无私的襟怀
——知识分子的楷模蒋筑英

去南湖玩一玩吧！只玩一次，答应我们吧！”每次蒋筑英都说：“爸爸忙过这一阵，一定领你们去好好玩玩。”两个孩子等啊，盼啊，从春天等到夏天，从夏天又等到秋天，多少次花开花落，可他总是忙啊忙啊。两个孩子望穿双眼也没能和爸爸一起去一次南湖。蒋筑英心里非常内疚，本准备这次从成都回来后，一定要带着全家到南湖痛痛快快地玩一次，可是他却过早地离开了孩子。再也不能领他们去南湖了。每想到这些，两个孩子的眼泪就止不住地往下流："爸爸，我们不怪您，因为您太忙了，太累了。"

蒋筑英爱他的孩子，爱他的全家，更孝顺他的父母。

1967年，蒋筑英的妈妈得了癌症，他不得不请假回乡探视。多少年了，他没有能亲自伺候妈妈一回，多少次在梦中，他想念着妈妈，呼喊着妈妈。这次他终于回到了妈妈身边。每天清晨，他都要挎个小竹篮到菜市上去，为妈妈选爱吃的菜。做好后，又亲自端

蒋筑英在国外节衣缩食，廉洁奉公，这是他经常穿用的条绒衣、弟弟为他买的的确良衬衣及自制的台灯，还有他用节省下来的生活费为单位购买的英文打字机、录音机。

粉碎"四人帮"已经四年多了,这四年,我们国家的发展并不一帆风顺。……究竟怎样看待我们的形势呢?我认为要看事物的本质和主流,我认为,现在我们国家的政治和经济形势是好的,各方面正在走上健康发展的道路。

(摘自1981年4月15日思想汇报)

到病床前一勺一勺地喂妈妈。别人看到他太累了,想帮忙,可他却说:"平常日子多劳你们在家伺候,难得我回来一次,就让我多尽一份孝心吧!"由于时间关系,蒋筑英不得不赶回长春。回来后他也不忘常给妈妈写信,嘘寒问暖。每当母亲病体疼痛时,总要家里人给她念筑英的来信。妹妹曾含着泪说:"妈妈最疼爱大哥,大哥的来信比任何药方都灵,母亲临终前还呼唤着大哥的名字。"

蒋筑英对自己孩子要求非常严格,不仅自己克勤克俭,还常常告诫孩子们要艰苦朴素,要助人为乐,早早地就把热爱祖国,热爱科学,全心全意为人民服务的种子播撒在孩子们的心田里。希望他们长大以后,

党的三中全会以后，组织上曾两次派蒋筑英到国外工作和学习。在国外，他也学以致用，勇于探索，在理论和实践的结合上下功夫，这是他在西德地外研究所实验室留影。

也能热爱祖国的科学事业，把自己的青春和热血献给祖国和人民。

名利面前让他人

蒋筑英把知识献给了别人，在名利面前，他想的也始终是别人。

蒋筑英是30岁才成家的。由于当时条件有限，虽然结婚了，他和妻子却分别住在单身集体宿舍里，很少能住在一起。但他毫无怨言，因为所里房子实在太紧张了。第一个孩子降生时，所里想尽一切办法才挤出一间阴冷潮湿的小房间。这使蒋筑英非常满足：总算有了自己的家。可这个家也太不像家了，家里空空荡荡，唯一的财产就是书。

之后，随着条件的改善，环境一天比一天好了。1971年，所里分配给他一间十一平方米的房子，这时他的第二个孩子已出生。房子不大，一家四口，孩子尚小，还能凑合。难以凑合的是，隔壁是个公用厨房，

在查阅科技资料

在学校里学习的大多是基础理论知识。要解决实际问题，还要掌握许多专门的知识。带着具体问题去学习有关的理论知识，积累实践经验，系统地阅读有关文献，使我对光学传递函数及光学检验的理论和实践有了较多的了解和掌握，从而在OTF（注：即光学传递函数）的应用方面做了一些工作，运用光学检验技术给国家解决了一些实际问题。这些工作谈不上有多少创造性，但却结合我们的实际情况，因而比较容易应用。

（摘自业务自传）

装有十个煤炉子，五个靠着他家的墙。冬天，给他家送"暖气"；夏天，给他家加温，一旦谁家炉子灭了，生起火来，那真是硝烟弥漫。蒋筑英就是在这样的环境中学习、生活的。

典型的环境，造成了典型的性格。他意志坚强，刻苦耐劳，干净利索，细腻过人、精神专注。胃不好，他照样能吃高粱米饭。酸甜苦辣，他都能吃，外面吵翻了天，他照样能聚精会神地看书。

　　蒋筑英待人热情，关心群众。所里有的同志老少三辈挤在一间房里，新分来的大学生在单身宿舍缺乏学习条件，他为此三番五次地到后勤部门，和管房人员争得脸红脖子粗。1980年底，所里分房子，分给他三间一套的，有厨房还有厕所。他面临着第七次搬家。全家人高兴得一夜没合眼。可第二天一大早，他却找领导同志要求："给我两间行不行？我的孩子不太大，眼下有两间就够了，把宽绰的房间让给更需要的人。"

　　他（注：指西德的一位司机）对我说：中国是一个非常重要的国家……他希望中国迅速富强起来，赞成中国的现代化政策，这代表了多数西德朋友的观点。我以为只有全国人民上下齐心合力，加快社会主义现代化建设，使我国尽快强大起来，才能在世界上起更重要的作用，对维护世界和平起重大作用，对人类有所贡献。

　　　　　　（摘自1980年4月28日出国学习小结）

高洁无私的襟怀
——知识分子的楷模蒋筑英

蒋筑英十分关心国内的光学仪器生产。在国外他经常深入企业考察，把学到的先进技术应用到国内的生产实际中去。这是他参观西德肖特玻璃厂后的留影。

其实，他多么需要宽绰的住房以便更好地学习和工作，而且他的孩子也不小了，女儿长得比妈妈还高。领导再三解释："这次分配的这栋房子，是上级为落实知识分子政策，拨专款修建的，专款专用，够条件的能分，不够条件的，想分也分不到。分给你的三间住房。是根据你的条件照章办事，并不是照顾你。你不用多说了，回去搬家吧！"蒋筑英听到这里，实在没办法，只好从命。1982年春节前夕，他才搬进了新居。

永存的慰藉

路长琴

直到今天，我还弄不懂，世界上怎么会没有了筑英。我觉得，他不过是像往常一样出差去了——到北京，到上海，也许还远一点，到欧洲。而不久，也许就在今天晚上，在孩子们正在做功课、我倚在床边织毛衣的时候，他会像每次那样，臂下夹着一个大公文包，身上袭了一团冷气，突然出现在门廊里。他会变戏法似地从口袋掏出一叠小人书和巧克力，会立刻卷起袖子冲进厨房，还会在路过我的洗衣盆的时候，顽皮地笑着，把一方脏手帕悄悄地扔进去……

筑英，你走得不是太匆促一点了吗？

你走的前一天晚上，我真的生你的气了。不为你东西也不收拾，就跑去帮薛家修下水道，这是应该的；也不为你事先不曾关照一声，说走就走，这在我们本来已是常事。我只恨你太不顾惜自己。肚子疼了多久了——去看过么？牙齿掉了多久了——好不容易托人约好下周二去镶，可你又忙着到四川出差去了。

你说："平平、全全，瞧妈妈不管我了。"

你还说："幸亏刚给你们换了一罐气！"

你已经走出了门，又折回来，最后的一句话是："手帕忘在床边了。"

而从14日夜到15日下午，差不多20个小时，你挣扎着，在招待所、在急诊室、在三轮摩托上、在排着长队的化验室门口。在离我们几千里的陌生的地方，你生怕耽误了身边同志的吃饭和休息，生怕呕出的血沫会弄脏别人借给你穿的毛背心，生怕用便盆会给别人添太多的麻烦，却唯独没有为这个有我、有孩子、有对你说来像生命一样宝贵的工作的世界留下一句话……你没有想到啊，你怎么可能想到呢？你的生命，正待掀开新的一页——事业一天天兴旺，渴望已久的项目正一个个展开；老父亲平反昭雪，精神上压了几十年的沉重的负担从此移去；我们分了新房子；孩子们都已经懂事；还有那最珍贵的、你刚刚填过的入党志愿书……你一定以为，一切苦难，都会像以往经历过无数次的那样，在顽强的意志面前如晨雾一样消散。而你又回来了，回实验室、回家、回到浓荫郁郁的斯大林大街，在一片奔忙中感受着生命的力量。

但料想不到的打击，还是在一瞬间袭来。你挣扎了20个钟头，耐心地等待着医学的判断与行动。余下的，你的色度学知识，你的5门外语，你的意志，你的责任感，你对事业和生活的一片挚爱，都已经无能为力。

不过43岁嘛！大学毕业以后苦苦摔打了20年，正要挑起一副重担，却一句话也没有，默默地，用你虽然还在壮年，但毕竟累坏了、用垮了的身体强忍了20个小时，倏地离去。

我要求最后再为你理一次发。多少年来你

的头都是我理。我总怨你太瘦，推子都不好走，希望有一天你能歇一歇，胖一点，就像那次刚从西德回来那样。

我要求替你穿衣。除了我，又有谁知道你的尺寸和喜欢的颜色呢？

我拉开你的提包，满满的，全是书。我把你最常看的德语课本拿出来，枕在你的头下。你是一刻也离不开书的。

你临终的面容是平静的。你在想什么呢？

咱们的日子相当清苦。你送给我的定情物，还记得吗，是一段4尺长的蓝布。你说："我就剩这一点东西了。"后来，我亲手用它为你缝了一件衬衣。你一直用一只老怀表。直到1979年才第一次穿上弟弟送的的确良制服。

你几乎不知什么叫作安憩。星期六晚上的电视节目，是要孩子们强拉着你才坐下来看几眼。什么活儿你都揽，谁的事你都管，吃饭走路你都嫌浪费时间。你知道有多少同志责备我吗——"小路，快管管你们老蒋吧！"

不能说社会对你一直都是宽厚公正的。但只要有一丝来自组织与同志的温暖，你都把它藏在心头。你绝不自弃、自卑与阴郁，而是坚定地选择了自强不息。你不信偏见能遮断一切。你认为，每个人都能表现出他的价值，只要诚实、只要一心向着光明。

到明年3月，就是我们结婚15周年的日子了。我会带着平儿和全儿，踏着雪，从没有化冻的南湖上走过，就像1968年我们刚办了结婚登记回来那次一样。雪，会在脚下吱吱地响，湖面上会留下……不是两双，而是3双清晰的脚印。

筑英去了。在实验室，在办公楼，在图书馆，在篮球场，从此再也见不到你一米八二的高身条，再也听不到你款款的南音。但是，只

高洁无私的襟怀

——知识分子的楷模蒋筑英

要看一眼伏案攻读的平儿，就会想起你的坚韧；只要问一问欢蹦乱跳的全儿，就会想起你的敏捷。

更何况，身边有多少好同志啊！一个室的、一个所的、一个系统的、认识和不认识的，他们和我一起落泪，一起痛悼，一起鼓起勇气生活下去、奋斗下去。筑英，你用你那颗博大的心，在人间播种的仁爱和友情，他们加倍地来偿还了。

中途离去毕竟是不堪的！然而，筑英，我时时感到慰藉的是，你的这43年，活得清清白白，活得实实在在，活得像个硬汉子。不错，我们很少流连于花间柳下，也从没有享受过富贵荣华。可是，你却真正地体味了奋斗与得胜的大苦大乐。我知道，如果让你重新选择，你还会这样生活。而我，就算再有100次机会，也还是选你做丈夫。

安息吧！筑英。你累了，应该休息了。

> 我希望自己能成为党组织的一员，把实现党的最高纲领当作自己一生的奋斗目标，而成为党组织的一员，也是自己的光荣归宿。
>
> （摘自1982年1月20日给党支部的思想汇报）

蒋筑英在名利面前，总是退到最后边。他始终把荣誉留给别人。我国彩色摄影一度存在的主要问题是拍出来的片子灰蒙蒙的，颜色不真切。为了解决这个技术问题，蒋筑英在理论上进行了大量的探索。所里的一位同志根据蒋筑英的想法完成了一个研究课题，并和他合写了一篇论文，引起了光学界的高度重视。论文诞生后，那位同志要求把蒋筑英的名字放在前面，因为想法是他提出来的。为了不让蒋筑英知道，在论文上把蒋筑英的名字写在前面就交给打字室了。蒋筑英怕那位同志谦让不把署名位置放过来，就特地赶到打字室，把两个人的名字位置又调换过来了。那位同志知道后十分感动很是过意不去，多次要求更改，但蒋筑英就是不让。

多年来，所里领导最头疼的事就是评工资、评

071

高洁无私的襟怀
——知识分子的楷模蒋筑英

职称和分房子。但是蒋筑英总是先人后己，体谅领导的苦衷。根据蒋筑英的才能和对我国科学事业所做出的贡献，1979年所学术委员会推荐破格提升他为副研究员，蒋筑英知道后找到领导婉言谢绝了，甚至出国后还惦着这件事，在远离祖国的他乡给领导写信，陈述自己的意见。他在信中说："还是先提其他的老同志吧，他们比我的贡献大！这样做对

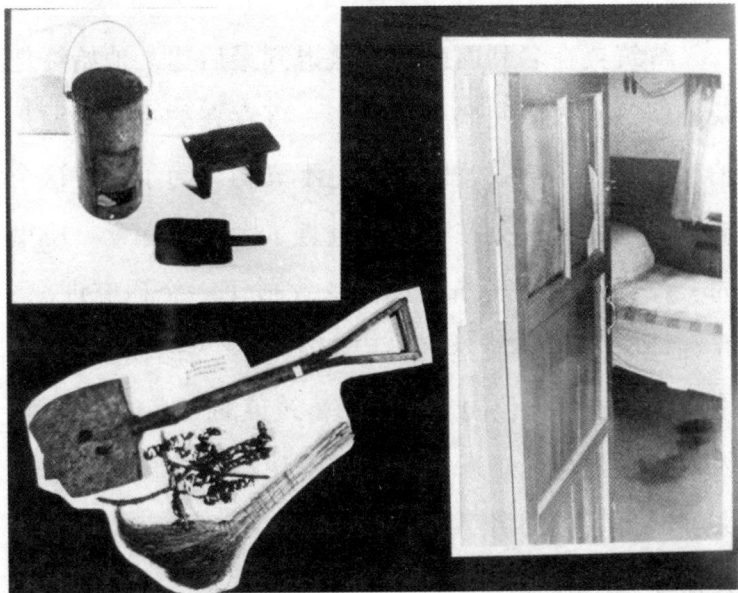

　　蒋筑英是雷锋式的优秀人物，凡是涉及自身利益的事，他从不向组织伸手，在调薪、提职、住房上都不争不要，先人后己，他善于从小事做起，助人为乐，这是他住过多年的十四米旧居和自制的炉子、扇子、板凳，还有他打扫厕所使用的工具。

科研工作要有继承性，要一步一步踏踏实实地进行……我们的科研工作，往往要求一步登天，其结果要么是上不去或拖期，要么是赶完时髦就完了。这样搞法，科研工作是很难真正上去的。

（摘自1980年4月29日出国学习小结）

以后的工作也有利，蒋筑英想的是多么远多么宽啊！"

在福利面前，我们的英雄战士同样是在无声无息中度过的。1977年所里调工资，他没评上：后来，所领导考虑到他家的实际困难，关怀他，决定每月给他十元科研津贴。1980年调工资，他又没评上，他不吭一声，照样大步流星地走路，一步跨两级上楼梯，没日没夜地干。难道他真的不需要钱吗？难道他挣不到钱吗？都不是。他穷，多年来他连块手表都没有，好不容易积攒了点钱准备买一块上海牌手表，但想到在浙江农村当医生的二妹经常出诊更需要，又寄给了她。他身上的的确良衬衫还是弟弟出差路过长

蒋筑英全家合影（1979年8月于长春）

春，看见哥哥穿得实在不像样给他买的。他也能挣到钱，他帮助工厂企业解决技术难题，发展生产，给他报酬，他不要。长春第二光学仪器厂请他当顾问，每月给他二十元钱，他照例交给所里。他家没什么高档家具，但却有他大批家产，那就是书——他眼里最闪光的东西。

对于这样一个高尚无私的人，任何功名利禄想打动他都是不可能的。

以前我认为入团与否，没有关系，将来还不是一样建设祖国……可是我参加了青年讲座后，使我认识到，每个青年只有参加了自己的组织——青年团，才能使自己在先进思想的指导下，团的教育下，不断进步，只有参加了团，才能从组织中吸取力量，使自己对国家对人民有更多的贡献。并且每一个青年，只要他能具备团章上规定的三个条件，他就能成为一个青年团员。

（摘自1956年1月杭州第一中学学生操行评定记录表）

"加入党组织是我的光荣归宿"

"一个人的生命是短暂的，但是党的事业是永存的，加入党的组织是我的归宿。我愿意为实现党提出的各项战斗任务，贡献自己的一切力量直至生命。"这是蒋筑英同志入党志愿书中的一段话。表达了他心中

　　蒋筑英科研道德高尚，不计名利，经常为其他同志写文稿，提供资料和科研依据。他和齐珏同志合写了一篇论文，坚持把自己的名字署在后面，这是齐珏同志介绍当时的情况。

外国并不是一切都好。

发达的资本主义国家确实有值得我们学习借鉴的地方，他们有比较先进的科学技术，有一套适应社会化大生产需要的经济和技术管理方法……这就要学习外国的对我们有用的先进科学技术和一套管理办法。

（摘自1980年7月29日我的思想汇报）

的强烈愿望。他始终保持着旺盛的干劲和饱满的生活激情，就是因为他心中有盏日久不熄的思想明灯，有根摧不毁的精神支柱。

作为一个科研人员，他没有足够的时间去通读马列。但是，马克思、列宁和毛泽东的一些主要著作他读过，并且做了大量的读书笔记。他读这样的书是为了学习做人的道理。他对光的追求，对共产主义事业的信念，这些书给了他很大启发。熟悉他的人都知道，他的生活道路是坎坷不平的。15岁那年，他父亲因为历史问题被错划为右派并判刑入狱。在当时的环境下，这好似一盘磨石从天而降，沉重地压砸在他全家人的

> 　　我们国家在科研组织工作上存在很大差距。要设法把所有人的积极性都调动起来。在西德没有铁饭碗，不好好干就要失业或是只能干收入少的工作，因此他们感到压力大，不得不好好干。我们不能用这种办法。但是也必须彻底贯彻按劳取酬的社会主义分配原则，而且要有明确的分工，要各负其责。
>
> （摘自出国学习小结）

身上、心上。看到同学们光荣地加入了共青团，一贯品学兼优的蒋筑英偷偷地流泪了；听到同年的同志有的入了党，工作成绩突出的蒋筑英心中无比羡慕。可他因为父亲的历史问题，使他和党之间有了一道难以逾越的鸿沟。但是他不气馁，不泄气，一次又一次地向党组织写思想汇报，倾诉衷情，有的好心人劝他不要太傻，干好业务就行了。可是蒋筑英在逆境中丝毫也没有动摇过对党的坚强信念，没有改变对祖国的赤子之心。他说："我是在红旗下，戴着红领巾走过来的。党和国家培养我念大学，读研究生，我从心里感

　　党在克服当前的暂时困难中表现的决心和信心使自己很感动。目前的暂时困难没有影响自己的情绪，而认为这是对自己这几年来政治思想上取得的进步的一个考验，并且激发了自己和党、全国人民一起奋发图强改变国家落后面貌的思想。

（摘自 1962 年 7 月 31 日北京大学毕业生鉴定表）

谢党，我到什么时候都相信党。""任何政党也和人一样，不可能不犯错误。中国共产党虽然也有过错误，但它始终代表最大多数人民的根本利益，历史证明，中国要富强，人民要幸福，只有依靠中国共产党，走社会主义道路，才能实现。"蒋筑英知道自己因为父亲的问题可能暂时入不了党，但他照样按照党员的标准严格要求自己，用拼命工作的实际行动，来表达心中的一片赤诚。

　　春风绽开花千树，政策温暖万人心。粉碎"四人帮"后，党的知识分子政策得到落实。蒋筑英的心中充满了希望。入党的愿望更加强烈了。1979 年 10 月，

高洁无私的襟怀
——知识分子的楷模蒋筑英

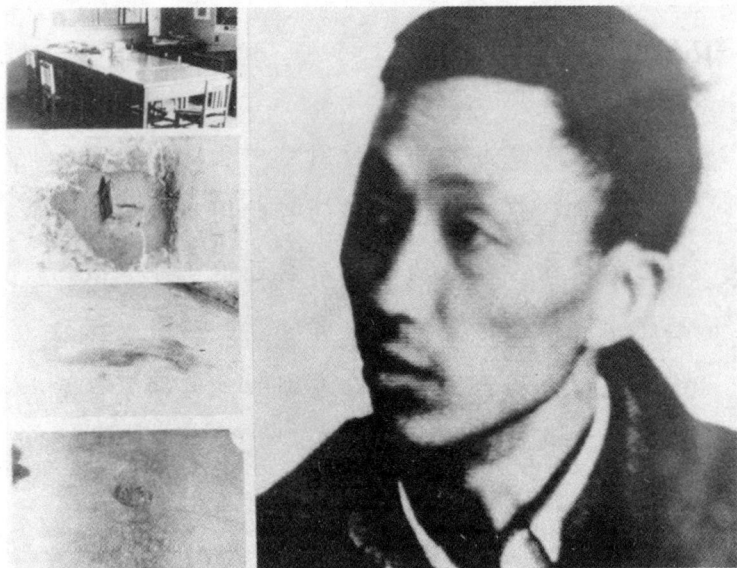

1982年6月12日，蒋筑英带病坚持工作，他在出差前一天，参加了十四室召开的色度学讨论会，帮助杂光室安置窗帘挂钩，修补装校车间水泥地面，晚上为别的同志修理下水道。

他被派到西德访学。临行前的夜晚，蒋筑英思绪翻涌，激动难眠，多少往事涌上心头。自己从小到大，从无知到能为人民做一点有益的事情，全在于党和人民的哺育。离开了党，离开了社会主义，就不会有自己今天的一切。多少年来，自己有一个强烈的愿望就是加入中国共产党，成为一名光荣的共产党员。这几天，党总支书记多次找自己谈话，说明党很相信自己，这更增加了自己入党的信心。夜深了，蒋筑英摊开纸，这里（注：指西德）的科研组织工作有值得学习的地方。地外物理研究所一共有三四个大题目，每个大题目下面分许多小题目，每个人都独立承担一个或几个小题目，这样就可以充分发挥每个人的作用，又便于检查工作成绩。实验条件由工程师、技术员负责准备，你只要提出要求就行了，分工很明确。管器材的深入到实验室，知道要买的东西干什么用，有什么要求。图书资料服务到第一线……这样，研究人员就可以集中精力搞研究，充分发挥他们的创造能力。

要更好地向技术先进的国家学技术，必须加强外语基础训练……我认为，我们国家从中学开始就要加强外语的口语训练，大学外语课也应把重点放在口语上，阅读能力可以通过自学不断提高，口语能力是要通过训练才能掌握的，而且应该在年轻时候学。像我们这样四十来岁了，再学口语就比较困难了。

（摘自1980年4月28日出国学习小结）

——高洁无私的襟怀

知识分子的楷模蒋筑英

又一次认认真真地写上一份入党申请书，坚定地说：
"我愿意按党章严格要求自己，使自己尽快成为中国共
产党的一员，为实现共产主义的崇高理想而奋斗，贡
献自己一切……实现共产主义，要通过十几代人，甚
至几十代人坚持不懈的努力。但我坚信这个目标一定
能实现。"他把自己比作一滴涓涓之水，强烈要求汇入
党的浩瀚大海之中，愿把微薄的个人力量，投入党领
导的奋进大军，为祖国的振兴描绘出灿烂的彩虹。

这一夜，他家窗户的灯光一直亮着，直到清晨。

蒋筑英同志

得知您手术比较顺利和成功，我们都很高兴，盼望您早日康复……我们订购的英国设备（我去接受技术训练的）已经到了塘沽港，最近就要运到所里，一到所里我就要立即开箱检查，做验收工作，因为索赔期一过，万一有问题就无法索赔，所以四月份我哪里也不能去了。

（摘自1982年3月20日给父亲的信）

1981年，蒋筑英父亲的冤案平反了。父亲被作为退休职工安排。蒋筑英给父亲去信，说："要相信党，相信社会主义。我的入党问题，在你的问题明确结论之后，就有可能得到解决。人总是应该有个信仰。现在有些人对入党没有兴趣，但是我想，加入党组织，是我的归宿。"

1982年5月26日，是蒋筑英难忘的一天，也是他一生最幸福的一天。党支部根据他的多次申请和一贯表现，准备接收他入党。得知这一消息后，全家人都为他高兴。当他接过多少年梦寐以求要填的那份表格——《入党志愿书》的时候，眼里闪动着幸福的泪

　　1982年6月13日，蒋筑英带病赴成都南光机器厂参加验收工作。这是他逝世前强忍病痛验收的长70余米的"X光望远镜真空模拟检测装置"。

光，这一天他终于盼来了。那天晚上，当蒋筑英填完志愿书时，夜已经很深了，万籁俱寂。妻子、孩子都睡熟了。他站起来，走到窗前，轻轻地撩起窗帘，只见深蓝色的天幕上，缀满了闪烁的星斗，那么迷人，那么耀眼夺目……啊，明天，我将怎样去做？他又走到桌前，把目光再一次落在《入党志愿书》中的这样一行字上："我的一切，包括知识、技能，都是党给的，人民给的。为人民服务，为党的事业奋斗，是我的光荣职责。"

生命的最后时刻

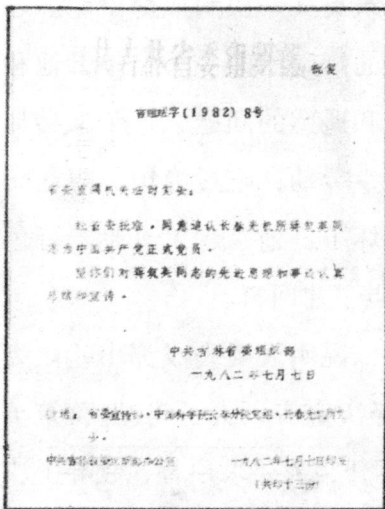

中共吉林省委追认蒋筑英同志为中共正式党员

由于长期的辛勤劳作，蒋筑英同志的身体一天天地消瘦下来，肝部时常隐隐作痛。但他没有顾及这些，为了加速我国的光学科学事业的发展，他恨不得把一个人分成几个人用，一天当成几天过。妻子和同志们劝他到医院去检

在精心调试光学检测装置（1982 年）

查一下身体，可他总是推到"明天"。

1982 年 6 月 13 日，蒋筑英又一次到成都出差。这一次出差是领导临时决定的。走的前一天上午，他和同室的同志讨论了色度学和遥感的问题，下午又参加了周六卫生清扫，在实验室劳动；吃过晚饭，想起研究室一位同志家的下水道坏了，他拿起工具趁着暮色骑车前去帮助修理，快九点了才回家。

回来后，才告诉妻子，说明天要去成都出差。妻子很纳闷："领导不是已经决定有人去了吗？"蒋筑英淡淡地说："别人家里走不开，我要求顶替，领导上决定了，不给领导添麻烦啦。回来后我一定到医院检查一下身体。"他哪里知道，死神已经悄悄向他袭来；他又哪里知道，这次成都之行成了他和全家人的永别。当妻子望着丈夫消瘦的身影时，不禁一阵心酸。

6月13日，下午四点多蒋筑英抵达了成都。当晚，就在招待所召集验收组的人员开会讨论检测机器的方案，一直忙到十一点多。第二天一早，他又挤上公共汽车，前往加工仪器的工厂，忍着病痛到现场察看调试情况。这一工作起来就是整整一天。深夜，蒋筑英感到腹部越疼越厉害，剧烈难忍。当夜到医院门诊部打了针仍未见效。第二天，同志们把他送往医院。由于长期积劳成疾，又没有及时检查治疗，加上这次过度疲劳，致使病情急剧恶化，引起多种并发症：肿瘤压迫导致胆管狭窄，化脓性胆管炎，败血症，感染性休克，急性肺水肿，抢救已经来不及了。

同志们扑到蒋筑英病床前，泪如雨下，老蒋啊老蒋，你一心想着工作，一心要为祖国的科学事业而奋斗，却不顾自己的身体，一直战斗到生命的最后时刻。在你生命最垂危的时候；仍然想的是同志，是他人，生怕影响同屋其他人的休息，怕同志们担忧，你顽强地忍受着疼痛的折磨，在你疼痛难忍时，还要让别人将产品数据拿给你看。你真是"生命不息，战斗不止"啊！

在蒋筑英的办公桌上，遗留着他没有完成的《建设光学检验系统和像质评价实验室规划》以及其他学术论文和外文译稿，还有为长春生物制品研究所检验的三瓶葡萄糖。

蒋筑英去了，走得那样匆忙。但是他的精神，他的可贵品质却永远留在人们的心里，是永远不会消逝的。

蒋筑英同志在短暂的一生中，给党和人民留下了宝贵的精神财富。他热爱党，热爱祖国，具有坚定的共产主义信念。他利用先进的科学技术，为国家创造了物质财富，维护了祖国的尊严，为国家争得了荣誉；他不辞辛劳，不畏艰难，勇于进取，为中华民族的崛起攀登科学技术的高峰。他公而忘私，先人后己，做人民的"铺路石"。他是当代知识分子的楷模！

高洁无私的襟怀
——知识分子的楷模蒋筑英

学习蒋筑英，开创科技工作新局面

王大珩

蒋筑英同志是1962年从北京大学物理系毕业后，考入长春光机所当应用光学专业研究生的，由我任导师。所里根据科研发展的需要，准备培养他成为光学镜头质量检验和评价方面的专门科学人才。这一门学问是和光学镜头设计，制造密切相关的应用学科。来所后，首先为他安排了比较全面的基础训练，包括应用光学的基本理论知识、光学设计，光学加工和光学检验的实际锻炼。他还学会了使用电子计算机，并且利用电子计算机进行光学设计和计算。这些基本训练，为蒋筑英同志在研究工作中能密切联系实际，解决实际问题准备了条件。他所从事的科研课题，是建立一套先进而实用的光学传递函数测量装置。这是一种利用现代光学理论来对光学镜头作出成像质量评价的测量装备。当时，有关这方面的理论，在国际上已经具备，但是，形成实用的设备还未臻成熟。由于蒋筑英同志与光学仪器设计者的共同努力，经过两年多的工作，把这套设备研制出来了，性能准确可靠，并能自动记录。这是我国自行设计制造的第一台这种装备，具有当时的国际先进水平。这套设备一直应用到现在，已有十七，八个年头了。他的这项工作，在一九六五年上海召开的全国光学检验会议上做了论文报告；获得好评。就在这台装备上，他进行了很多新型镜头的质量评价和鉴定工作，也检验了一些进口商品，对于存在问题的商品，提出了实验证据，维护了国家的利益和声誉。经过近二十年不懈的努力，他和同事们建立起了现代化的光学检验实验室。并建立起光学传递函数的实物标准，编制了一套切合实际、应用于光学设计的先进传递函数计算程序。他成了以从事光学传递函数工作而闻名的光学专门家。

蒋筑英同志从事色度学的工作，是出于彩色电视攻关的需要。当时在彩色电视上，存在着颜色不正的问题，人脸不是成了猪肝色，就是像青面神。国旗的颜色成了紫色。有关颜色光学的问题，我所原来很少涉及。这次为了解决颜色正确复现的问题，在所里办起了彩色电视颜色复现问题研究小组。蒋筑英同志很快就掌握了问题的实质，巧妙地提出了在设计和工艺无法达到理论要求的情况下，利用最优化校色矩阵的方案。这个方案在我国是个创举，把它应用于摄像机上，绚丽而真实的彩色图像，顿时在电视显像屏上夺目而出，一时争相观看，获得赞誉。

为了开展新的光学领域的探索，并为了培养他，这几年来又让蒋筑英从事X光成像系统的检验方法的工作。为此，特派他去西德学习。在短暂的半年时间里，他驾轻就熟地掌握了问题的关键。回国后，为建立这种装备提出了关键性的设备方案。

他通晓英、德、俄、日、法五种外语。他的英文水平，远超出我的意料之外。他的德文，

蒋筑英的导师王大珩

是在科学院德语培训班学习的，成绩属于最优者之列。因此，他有条件博览文献，在布用光学领域里，获得广博的知识：

论起蒋筑英同志的才华和贡献，单纯地从他写的论文来衡量是不完全恰当的。他的重要贡献，表现在科研和应用的结合；表现在学以致用；表现为以自己的知识和科研成果，尽多地服务于生产实际的需要。他工作的特点，在于不图虚名，踏实深入，经得起实践的考验，在解决实际问题上，博得了信得过的声誉。这无疑是刻苦钻研的结果。他因此而得到全所人员的爱戴（包括工人）。科学技术要面向经济建设，经济建设要依靠科学技术。我们需要大量的像蒋筑英那样的对祖国无限忠诚，不计个人名利，甘愿为祖国四化建设铺路的人。正如蒋筑英自己所说："我们这一代肩负着继往开来的重任，要多做铺路的工作，为实现科技现代化，为年轻一代科技工作者攀登世界高峰创造条件。"蒋筑英同志身体力行，为科技工作者作出了榜样。

蒋筑英同志在所里担任第四研究室（从事光学镜头设计和研究的研究室）的代理主任，并负责所学术委员会属于应用光学领域各研究室的学术组织工作。就在他逝世前一天，我正和科学院的领导商量，让他挑重担，做所里的领导工作。正要委以重任时，他竟逝世离开我们了。这是我国光学界的重要损失。我们整个光机所，以及所有和他有过交往的单位和同志，无不悲恸万分，直到现在，一提起他，总觉得他还活着。他怎么会离开了我们呢！

蒋筑英同志所以孚众望，除了他的才华出众而外，更重要的还在于他的崇高的思想境界和高尚的品德情操。

他热爱社会主义的鲜明立场是很突出的。新中国成立以后，他的父亲因历史反革命的罪名，被判刑入狱多年。但他并未因此而影响对共产主义的坚定信念。党的十一届三中全会后，他积极申请入党，遗憾的是刚填好了入党志愿书，待支部讨论和党委批准的时候，他竟与世长辞了。他的对党赤挚的思想感情，浸入肺腑："我的一切，包括知识、技能，都是党给的，人民给的。为人民服务，为党的事业奋斗，是我的光荣职责。""一个人活着应当有个信仰——人的生命是有限的，党的事业是永存的。我愿为实现党提出的各项战斗任务贡献自己的力量。"他是这样写的，也就这样做了。

蒋筑英同志急国家之所急，想他人之所想。不分分内分外，不管学过还是没有学过。他勤勤恳恳，夜以继日地工作，表现了科学工作者国家主人翁的责任感，表现了对社会主义事业的无限热忱。

对于物质待遇，个人荣誉，他谦让出于衷心。让职称，让房子，让论文署名，对个人利益他从不伸手，表现了高尚的共产主义的道德情操。

我认为学习蒋筑英，就要：学习他对共产主义的坚定信念和鲜明的革命立场，学习他对社会主义祖国的无限忠诚和主人翁的责任感，以及不断前进的创业精神；学习他忘我无私，胸怀全局，不计名利，严于律己，乐于助人的崇高品质，学习他刻苦钻研，治学严谨，勇于创新，手脑并用，学以致用，诲人不倦的优良学风；学习他艰苦朴素，勤俭办事业的朴实风尚；学习他善于利用时间，善于掌握问题实质的高效率的工作和学习方法。

作为科学工作者，我认为对于治学方法，有必要多说几句。蒋筑英同志写道：

（1）要看到国家的需要，要为国家解决实际问题；

（2）要学以致用，不要漫无边际地去积累知识，要为解决实际问题去学习；

（3）要善于向周围的同志学习，人各有所长，有的理论基础好，有的实践经验丰富，遇到问题，除了自己钻研以外，找适当的人讨论讨论，往往很快就找到解决问题的办法；

（4）要勤动脑，勤动手，知识和技能是靠不断积累。科学技术在不断发展，不勤于学习和实践，就会落后。蒋筑英的治学方法，很值得借鉴和学习。

蒋筑英同志是知识分子的优秀代表，是科技界的雷锋。如吉林省委所指出的那样，要像学习雷锋那样学习蒋筑英。我们感到，这是时

高洁无私的襟怀
——知识分子的楷模蒋筑英

代的需要。

有人说我是如识玉那样看到了蒋筑英。这实在是过誉之词。我们应该看到，蒋筑英完全是在新社会在党的抚育下培养成长起来的。没有党就没有蒋筑英；没有社会主义制度的优越性，也没有蒋筑英。如果说谁把蒋筑英雕琢成为美玉，那么，首先是少年时代对他进行社会主义教育的启蒙者，再则是高中和大学里的识玉者。及至他到光机所，则他的德才已是明显的了，只是再做一些精雕细刻而已。所以应该说，识玉者是党。

党的十二大号召全国人民要为开创社会主义现代化建设的新局面而奋斗。最近，五届人大第五次会议通过了新宪法，宪法把知识分子和工人、农民一道视为社会主义建设的主要依靠力量。会议还提出了为实现20世纪末国民经济翻两番的近期"六五"计划。我们科技工作者，不但承担着建设社会主义物质文明的光荣职责，同时也责无旁贷地必须做精神文明的促进者。蒋筑英、罗健夫同志等为我们树立了榜样。同时，我们也看到，蒋筑英、罗健夫是代表人物，活着的蒋筑英、罗健夫式的人物也是不少的。我们也要向他们学习，并且要关心他们，发挥他们的作用，使之能对社会主义祖国多做贡献。我们学习他们，这就使他们的德才能成为鼓舞我们前进的动力。正如胡乔木同志在他的文章《痛惜之余的愿望》中所说的："即令我们每个人只能学习到他们所作到的一半的程度，汇合起来，也就是一股了不得的力量，足以战胜我们前进道路上的一切困难和障碍。"我们相信，通过对蒋筑英、罗健夫的学习，必然会有比现在多得多的蒋筑英、罗健夫涌现出来，实现社会主义现代化幸甚！振兴中华幸甚！

让我们沿着十二大所指引的方向，努力不懈，为开创社会主义现代化建设的新局面，振兴中华，而奋勇前进吧！

中华魂·百部爱国故事丛书
提　要

《誓与禁烟相始终——民族英雄林则徐》

林则徐严禁鸦片，坚决抵抗西方列强的侵略，坚持维护国家主权和民族利益。他是中国近代历史上第一位睁眼看世界的人，是抗击帝国主义殖民侵略的第一人，是中华民族抵御外侮过程中伟大的民族英雄。

《血洒虎门御敌寇——抗英将军关天培》

民族英雄关天培，在第一次鸦片战争中为了抗击英国侵略者的入侵而血洒虎门，为国捐躯，谱写了一曲可歌可泣的英雄赞歌。关天培用他的生命，书写了中国人民反抗外侮的历史。

《威震镇海靖节魂——抗敌英雄裕谦》

在第一次鸦片战争期间的众多牺牲者中，有一位官阶最高，他就是两江总督裕谦。裕谦与外国侵略者斗争立场坚定，与国内妥协派、投降派斗争态度坚决。裕谦督战镇海，与英国侵略军浴血奋战，临危不惧，以身报国，浩气长存。

《斩邪留正解民悬——太平天国领袖洪秀全》

农民出身的洪秀全，从失意文人到起义领袖，经历了长期的思想演变过程，在外敌入侵、清朝政府腐朽的历史环境之下，顺应时代的潮流，成长为一位非凡的历史英雄人物，建立了与清朝政府相抗衡的农民政权——太平天国。

《仰承汉唐　荟萃中外——近代数学家李善兰》

李善兰是我国19世纪重要的科学家之一，在数学、天文学、力学等方面都有重大建树。他继承了我国古代数学的成就，又以极大的热情传播西方科学文化，"仰承汉唐，荟萃中外"，把自己的一生献给了科学事业。

《严谨治学　勇于探索——近代著名数学家华蘅芳》

华蘅芳，中国近代数学家之一。其精通中国古算学，并熟练掌握西方近代数学，是中国验证抛物线并著书立说的参与者。为了证明"外国有的，中国也能造"而鞠躬尽瘁，在引进西方科学技术、传播科学知识上贡献卓著。

《折冲樽俎护山河——近代著名外交家曾纪泽》

曾纪泽是中国近代史上著名的爱国外交家，在中俄伊犁交涉事件中，他秉承抵抗列强、保卫国家的坚定意志，利用外交手段全力同沙俄抗争，捍卫了国家主权、民族尊严，收回了祖国的领土，在近代中国外交史上留下了光辉的一页。

《甲午海战留英名——民族英雄邓世昌》

邓世昌，北洋水师名将。本书以邓世昌的成长过程为线索，以代表性的历史故事为主要内容，还原真实的历史事件，突出鲜明的人物性格。邓世昌因在中日甲午海战中突出的英雄气概而名垂史册，书写了伟大的爱国主义篇章。

《誓与舰队共存亡——北洋水师提督丁汝昌》

丁汝昌处在清朝政府的腐朽和李鸿章的专断下，难以施展爱国的抱负，壮志未酬，愤恨而终。但丁汝昌为建立近代海军作出的巨大贡献，带领北洋舰队爱国官兵勇抗强敌的英雄事迹，将永远为后代所传颂。

《镇南关上凯歌扬——抗法老英雄冯子材》

1885年中法战争中，年逾古稀的冯子材为抵御外国侵略，勇赴国

高洁无私的襟怀
——知识分子的楷模蒋筑英

难，大败法军于镇南关，并乘胜追击，接连收复文渊、谅山等地，从根本上扭转了中法战争的局面，成为近代民族英雄的杰出代表。

《屡败法军逞英豪——黑旗军将领刘永福》

刘永福是黑旗军的创建者，是农民出身的杰出军事家、政治活动家。在19世纪发生的援越抗法、中法战争中，他率部与帝国主义侵略者进行了殊死的战斗，建立了卓越的功勋，成为我国近代史上著名的民族英雄，为后世所景仰。

《矢志变法强国家——戊戌变法领袖康有为》

康有为是清末民初最有影响力的思想家之一。他领导了中国知识界的启蒙运动，掀起了一场自上而下的政体改革。他最早在中国提出了立宪政体和具体的宪政方案，主张在坚持儒家传统和帝制的前提下，学习西方经验，他的进步思想对近代中国具有深远的影响。

《开民智以报国 普新知而图强——戊戌变法思想家梁启超》

梁启超，中国近代史上著名的政治活动家、启蒙思想家、史学家、文学家，戊戌变法领袖之一。本书以百日维新思想家梁启超的成长过程为线索，以代表性的历史故事为主要内容，还原真实的历史事件，突出鲜明的人物性格。

《我自横刀向天笑——维新志士谭嗣同》

谭嗣同在民族危机的严重时刻，投身改革救中国的洪流。为了带给祖国一个光明的未来，紧要关头，他挺身而出，用自己的鲜血激励后人，把宝贵的生命献给了变法事业。

《睡乡敢遣警世钟——用生命警策国人的陈天华》

陈天华是民主革命的活动家和宣传家。他写的《猛回头》《警世钟》等书，起到了革命启蒙的重大作用。为了激发留日学生的爱国情怀，他不惜投海自杀，演出了近代史上感人至深的一幕，给后人留下了难忘的印象。

《革命军中马前卒——民主斗士邹容》

革命乃"至尊极高，独一无二，伟大绝伦之一目的"；它是"天演之公例，世界之公理，顺乎天而应乎人"的伟大行动。因此，必须"仗义群兴革命军"。他激情高呼："革命独子万岁！中华共和国万岁！"这就是《革命军》的作者，中国近代著名资产阶级革命宣传家邹容。

《休言女子非英物——鉴湖女侠秋瑾》

为民族解放和妇女解放而英勇斗争的秋瑾，冲破封建礼教的思想牢笼，打碎封建精神枷锁，崇仰真理，追求光明，主张共和，坚持男女平等，最终献出了自己年轻的生命。

《血溅校场　杀身成仁——民主斗士徐锡麟》

本书讲述了反清志士徐锡麟弃文从武、投身反清革命事业，最终被清政府杀害的故事。出于对国家的热爱，徐锡麟献出自己的生命，他的事迹将永远激励后人深切缅怀这位民主革命的先驱。

《生可死耳　我志长存——献身民主的禹之谟》

禹之谟，民主革命党人，同盟会会员，近代资产阶级革命家、实业家。1886年，20岁的禹之谟"提三尺剑，挟一卷书"游历四方，研究西方社会政治学说，忧国忧民之心日趋强烈。戊戌变法失败，他丢掉改良幻想，倡革命救亡之说，走上民主革命道路。

《物竞天择　适者生存——资产阶级启蒙思想家严复》

严复是中国近代著名的启蒙思想家、翻译家和教育家。他长期从事教育和翻译事业，为近代中国人才培养和思想启蒙做出了重要贡献，同时他也为中国的翻译事业和中西思想文化交流做出了重要贡献。

《辛亥革命急先锋——资产阶级革命家黄兴》

黄兴，清末民初资产阶级革命家，中华民国开国元勋。黄兴在武昌首义及辛亥革命时期的爱国表现，与孙中山闻名于当时，常被时人以"孙黄"并称。本书以资产阶级革命活动实干家黄兴的成长过程为线索，歌颂了先辈伟大的爱国主义精神。

《矢志革命　百折不回——近代民主革命家廖仲恺》

廖仲恺追随孙中山踏上了创立民国与捍卫共和制的旧民主主义革命

之路；在新民主主义革命时期，他为建立、巩固首次国共合作和实施三大政策，英勇奋斗，为国殉职，洒尽了一腔热血。

《将军拔剑南天起——护国英雄蔡锷》

蔡锷是中国近代史上的杰出军事家、爱国者。他的一生短暂而伟大。辛亥革命爆发，他毅然投身于革命洪流之中，领导云南重九起义，对武昌起义积极响应。袁世凯窃国复辟、恢复帝制的阴谋暴露出来以后，他又毅然举起了武装讨袁的旗帜。

《反帝反封建运动——五四青年的爱国故事》

五四运动是一次伟大的反帝反封建的爱国运动；是一个伟大的历史转折点；是中国人民的斗争从挫折走向胜利的一个关节点，它为中国的前进开辟了一条全新的道路，拉开了中国新民主主义革命的序幕。

《思想自由 兼容并包——著名教育家蔡元培》

蔡元培是中国近现代著名的民主革命家和教育家，一生经历风雨，却始终信守爱国和民主的政治理念，致力于废除封建主义的教育制度，奠定了我国新式教育制度的基础，为我国教育、文化、科学事业的发展做出了富有开创性的贡献。

《为国家争光 为民族争气——中国铁路之父詹天佑》

詹天佑是我国最早的杰出铁道工程师，因主持建造京张铁路而闻名中外，被誉为"中国铁路之父"。他为祖国的铁路事业贡献了毕生的精力。本书向读者展示了詹天佑热爱祖国、科技兴国的辉煌人生。

《实业救国 衣被天下——轻工之父张謇》

张謇是爱国实业家、教育家。他年轻时中过状元。过了40岁，开始投身工商实业活动中，他的名言是"富民强国之本在于工"。在南通，创办大生丝厂、银行等各种实业。并将创办实业的大部分所得投入教育。他的观点是，教育和实业一样，也是"富强之大本"。

《心向革命 追求光明——平民将军冯玉祥》

冯玉祥将军"是一位从旧军人转变而成的坚定的民主主义战士"。

抗日战争期间，他辗转各地，用实际行动积极抗战。日本战败投降后，他为了断绝美国的援蒋内战，又在美国四处演说，揭露蒋介石统治之黑暗，痛斥美国阴谋分裂中国的不良行为。

《刑场上的婚礼——革命烈士周文雍　陈铁军》

周文雍是广州起义的主要领导人之一。陈铁军出身于华侨商人家庭，却毅然投身革命洪流。1928年1月，两人接受派遣，回到广州假扮夫妻从事革命斗争，却不幸被捕。临刑前，两位烈士将敌人的枪声当作自己婚礼的礼炮，用生命和爱情谱写出一曲千古绝唱。

《星星之火　可以燎原——井冈山斗争的故事》

1927—1929年，毛泽东、朱德等老一辈革命家，在井冈山创建了农村革命根据地，进行了艰苦卓绝的斗争，建立了新型革命武装，点燃了工农武装革命之火，找到了农村包围城市最后夺取政权的中国革命的正确道路。

《新民学会的主要发起人——中国共产党早期革命家蔡和森》

蔡和森青年时期曾与毛泽东等人一起组织进步团体新民学会，参加五四运动，并在赴法国勤工俭学时研读大量马克思主义著作，回国后以满腔热忱投身革命事业，成为中国共产党早期重要的理论家和宣传家。

《威震黄浦江畔　高奏抗日壮歌——一·二八淞沪抗战》

面对日本侵略者的挑衅，十九路军在蒋光鼐、蔡廷锴的带领下，高举义旗，奋力一搏。一·二八淞沪抗战，是中国军人捍卫军人荣誉和祖国尊严所发出的吼声，谱写了一曲抗击日军侵略的英雄壮歌。

《将军恨不抗日死——慷慨就义的吉鸿昌》

在国难深重的20世纪30年代，吉鸿昌将军因拒绝执行国民党指示，坚决不打内战，被迫携眷出国"考察"。回国后，他加入中国共产党，组织了民众抗日同盟军，英勇打击日本侵略者，后于1934年11月被国民党反动派杀害。

高洁无私的襟怀
——知识分子的楷模蒋筑英

《献身革命　甘于清贫——梅岭忠魂方志敏》

大革命失败后，方志敏凭着"两条半步枪"起家，身经百战，创建了赣东北革命根据地和红十军。本书真实记录了方志敏投身于革命、领导红军和敌人进行艰苦卓绝斗争的经历，歌颂了烈士贫贱不移、威武不屈、献身革命的高尚品质。

《奏响中华最强音——人民音乐家聂耳》

聂耳在他有限的生命中创作了数十首革命歌曲，在抗日救亡运动中，聂耳的这些歌曲产生了广泛深远的影响。他的音乐创作为中国无产阶级革命音乐的发展指明了方向，树立了榜样。

《横眉冷对千夫指——中国文化革命主将鲁迅》

鲁迅不但是伟大的文学家，而且是伟大的思想家和伟大的革命家。在那风雨如晦的黑暗年代里，他以笔为投枪，同一切帝国主义和反动派进行了顽强的战斗，为中国人民树立了一个不朽的丰碑。他是新文化战线上的一面光辉旗帜，是我们伟大民族的灵魂。

《铁流两万五千里——红军长征的故事》

红军长征是人类历史上的一次伟大的壮举。第五次反"围剿"失败后，中国工农红军的三大主力在极端艰难的条件下，突破国民党军队的围追堵截，进行了史无前例的战略大转移，总行程达两万五千里以上。途中发生了许多动人故事，至今令人难以忘怀。

《荣辱不移革命志——创建陕北红军的刘志丹》

刘志丹是杰出的无产阶级革命家、军事家，西北红军和西北革命根据地的主要创始人之一。他一生热爱人民，追求真理，英勇善战，百折不挠，艰苦奋斗，忠心赤胆，为创建红军和革命根据地、为中国人民的解放事业建立了不可磨灭的功勋。

《英名永存北平城——爱国将领佟麟阁　赵登禹》

1937年7月28日，日军向北平郊区发动进攻。第二十九军副军长佟麟阁奉命在南苑率部与日军苦战，腿部受伤，头部被敌机炸伤，壮烈殉国。第一三二师师长赵登禹指挥部队顽强抵抗日军，右臂中弹负伤，仍继续作战。后在转移途中遭日军截击而牺牲。

《八百壮士　四行仓库铸军魂——谢晋元和他的战友们》

八一三抗战，中国军人以血肉之躯揭开全面抗战的帷幕。这是一场血战，是中国军人不屈不挠的英雄诗篇，其中的八百壮士守四行，成为这首英雄颂歌中最动人、最凄美的音符。一曲四行保卫战，铸就了不屈的军魂。

《八女投江　气贯长虹——八位抗联女战士》

抗日战争时期，以冷云为首的东北抗日联军8名女战士，为捍卫民族尊严，面对凶残的日寇，镇定自若，宁死不屈，投江殉国，表现了中华民族同敌人血战到底的英雄气概。她们的光辉形象，激励着千千万万的后来人。

《艰苦抗战　威震敌胆——著名抗日英雄杨靖宇》

杨靖宇将军是我国著名的抗日民族英雄。曾先后担任磐石游击队政治委员、东北抗日联军第一军军长兼政委、抗日联军总司令等职。领导军民对日寇坚持了长达9个年头的艰苦卓绝的斗争，最终以身殉国。

《死也不当亡国奴——镜泊抗日英雄陈翰章》

陈翰章，从1932年8月投笔从戎，直到1940年12月8日为抗击日本侵略者，战死在镜泊湖畔。他在抗日疆场上奋战了九年，他那可歌可泣的英雄事迹将为人们永世传颂。

《名将殉国　气壮山河——抗日将军张自忠》

著名抗日将领、民族英雄张自忠，生于忧患的时代，抱有"宁为百夫长，胜作一书生"的志向，经历过失败与低谷，最终成就了慷慨人生。本书主要以人物活动为主，勾画出一个真正的"民族魂"鲜活的人生，会带给读者振奋的力量。

《宁死不辱战士名——狼牙山五壮士》

1941年日寇在河北易县"扫荡"。为掩护群众和主力部队撤退，五位八路军战士毅然把敌人引上了狼牙山棋盘坨峰顶绝路。弹尽粮绝、无路可退，五位英雄纵身跳下了万丈悬崖，用生命和鲜血谱写出一曲惊天地泣鬼神的壮举。

《太行浩气传千古——抗日名将左权》

左权，中国工农红军和八路军高级指挥员，著名军事家。是八路军在抗日战场上牺牲的最高指挥员。名将阵亡，太行山为之垂首，全党为之悲痛。周恩来称他"足以为党之模范"，朱德赞誉他是"中国军事界不可多得的人才"。

《虎将兴关外　抗倭统雄师——抗联英雄赵尚志》

本书描写了久经考验的共产党员、东北抗联的创建者和主要领导人赵尚志，在艰苦卓绝的条件下，坚持抗战，威震敌胆，战功卓著，忍辱负重，忠贞不屈，为国捐躯的英雄故事，为青少年读者呈上一部爱国主义的佳作。

《黄埔之英　民族之雄——抗日名将戴安澜》

抗日名将戴安澜，先后参加保定、漕河、台儿庄、武汉、昆仑关等战役，作战英勇，屡建奇功；入缅作战，"扬威国外，藉伸正义"；守东瓜，复棠吉；殒身缅北，遗恨丛林，马革裹尸，成就了光辉的一生。

《爱国志士　民主先锋——新闻出版家邹韬奋》

本书讲述了邹韬奋献身新闻出版事业的奋斗历程，展现了一位新闻工作者坚定的革命信念和炽热的爱国主义精神，全心全意为人民服务、为读者服务的奉献精神，歌颂了他的高尚情操和优良品质。

《为抗战发出怒吼——人民音乐家冼星海》

人民音乐家冼星海，青年时期在巴黎求学，饱尝屈辱与磨难；学成后毅然回到多灾多难的祖国，用满腔热忱谱写激昂的音乐，鼓舞中华儿女的斗志；奔赴延安，谱写出不朽的名作《黄河大合唱》，发出中华民族抗日救亡的怒吼。

《全民皆兵　抗击日寇——抗日战争的故事》

　　中国人民进行的十四年抗战，是一百多年来中国人民反对外敌入侵第一次取得完全胜利的民族解放战争。这场战争是以国共两党合作为基础，有社会各界、各族人民、各民主党派、抗日团体、社会各阶层爱国人士和海外侨胞广泛参加的全民族抗战。

《捧着一颗心来　不带半根草去——人民教育家陶行知》

　　陶行知是我国现代教育史上伟大的人民教育家、教育思想家。他从青年起就立志献身教育事业，以"捧着一颗心来，不带半根草去"的赤子之心，为人民的教育事业鞠躬尽瘁。

《为民主与和平拍案而起——民主斗士闻一多》

　　闻一多早年与梁实秋等人发起成立清华文学社。赴美留学期间由对祖国的深深眷恋而创作著名的《七子之歌》。后在西南联大任教8年，积极投身于抗日运动和争取民主的斗争，发表了著名的《最后一次讲演》。

《铁窗难锁钢铁心——革命先烈王若飞》

　　王若飞是我党早期杰出的无产阶级革命家。在艰苦卓绝的斗争中，他出生入死，屡建奇功，以超人的睿智和胆略，在敌人的监狱中，同敌人展开了殊死的较量，为抗战的胜利和新中国的诞生做出了卓越的贡献。

《横扫千军　还我河山——抗联名将李兆麟》

　　李兆麟是东北抗日联军创建人之一，他率领抗日联军历尽千难万险与日本侵略者浴血奋战，在极其艰苦的条件下，保存了抗日联军的有生力量，为东北光复做出了重大贡献。

《锄头开出新天地——解放区大生产运动》

　　为了解决困难，渡过难关，党中央号召党政军民齐动手，开展大生产运动。中国共产党在其控制区域内发动的一场军队屯田和鼓励生产的群众运动，达到了自己动手丰衣足食，共度难关，既进行革命又进行生产自足的目的。

高洁无私的襟怀
——知识分子的楷模蒋筑英

《生的伟大　死的光荣——女英雄刘胡兰》

刘胡兰，坚贞不屈的少年女英雄。生前对我国劳动人民的解放事业无限忠诚，在敌人威胁面前，大义凛然，毫无惧色，英勇牺牲，表现了共产党员的高贵品质。

《饿死不领美国救济粮——爱国知识分子的楷模朱自清》

朱自清作为爱国知识分子的典型，以锐利的笔锋直言痛斥反动政府的暴行，体现了他崇高的爱国情怀和不畏恶势力的精神品格。毛泽东曾给朱自清先生以高度评价："一身重病，宁可饿死，不领美国的'救济粮'"，"表现了我们民族的英雄气概"。

《为了新中国前进——舍身炸碉堡的董存瑞》

伟大的英雄，中国人民的儿子董存瑞，从儿童团长成长为一名光荣的解放军战士，在1948年解放隆化县城时，舍身炸碉堡，为新中国献出了自己年轻的生命。他的英雄形象永远留在人民心里。

《宁死不屈的共产党员——革命烈士江竹筠》

江竹筠，就是著名的江姐。1947年春，她负责《挺进报》工作，只几个月的时间，报纸就发行到1600多份，引起了敌人的极大恐慌。由于叛徒出卖，江姐不幸被捕，惨遭毒刑的残酷折磨，仍坚贞不屈。最后被特务秘密枪杀，年仅29岁。

《抗美援朝　保家卫国——志愿军的战斗故事》

抗美援朝战争是中国人民志愿军为援助朝鲜人民、保卫祖国安全，与美国为首的"联合国军"发生的战争。在朝鲜牺牲的志愿军烈士们，他们英勇的战斗事迹、保家卫国的精神值得我们发扬光大。

《上甘岭上壮烈歌——黄继光和他的战友们》

在1952年10月的上甘岭战役中，黄继光和他的战友们在零号阵地半山腰被敌机枪火力点压制，此时，黄继光身上已经多处负伤，手雷也已全部用光。为了完成任务，减少战友的伤亡，他用自己的胸膛堵住正在扫射的敌机枪射孔，为反击部队扫清了前进的道路。

《诗书印画　全入神品——国画大师齐白石》

　　齐白石出身贫寒，做过农活，当过木匠，后改学雕花木工，从民间画工入手，摹古人真迹，学诗文书法，融汇古今，而诗、书、印、画俱佳；他将中国画的精神与时代的精神统一得完美无瑕，使中国画得到国际的重视，无愧于"国画大师"的称号。

《毕生为文化而奋斗——中国第一出版家张元济》

　　张元济参与、主持和督导商务印书馆近六十年，使其从简单的印刷企业转变为当时中国教育出版的旗帜。张元济一生爱书，在中华大地动荡不安的年代里，他用自己对文化的热爱，续存着中华民族灿烂悠久的文明之光。

《独树一帜　梨园大师——著名京剧表演艺术家梅兰芳》

　　梅兰芳，京剧大师，演唱风格独树一帜，世称"梅派"。曾先后赴日本、美国、苏联演出，并荣获美国波摩那学院和南加州大学的荣誉文学博士学位。作为一位爱国者，抗战期间蓄须明志，拒绝为日本人演出，为后世称颂。

《华侨旗帜　民族光辉——爱国侨领陈嘉庚》

　　陈嘉庚是著名的爱国华侨领袖、企业家、教育家、慈善家、社会活动家。他为辛亥革命、民族教育、抗日战争、解放战争、新中国的建设做出了卓越的贡献。生前被毛泽东誉为"华侨旗帜、民族光辉"。

《向雷锋同志学习——伟大的共产主义战士雷锋》

　　雷锋，一个平凡而伟大的共产主义战士，一心向着党，一生秉承着全心全意为人民服务、无私奉献的崇高思想；发扬刻苦学习和钻研理论的"钉子"精神；坚持勤俭节约、艰苦奋斗的优良作风。毛泽东为其题词："向雷锋同志学习。"

《人民的好公仆——县委书记的好榜样焦裕禄》

　　焦裕禄，被誉为县委书记的好榜样。他用自己的革命精神，展开了与大自然、与社会落后现象、与病魔的多重抗争，让我们领略到一

高洁无私的襟怀

——知识分子的楷模蒋筑英

个共产党人的生之伟大、死之壮美的人格品质和具有现实教育意义的精神魅力。

《文学巨匠　京味大师——人民作家老舍》

老舍是我国现代小说家、文学家、戏剧家。他用融入骨髓的真诚文字反映生活的喜怒哀乐。老舍的一生，总是在忘我地工作，他是文艺界当之无愧的"劳动模范"，生前被北京市人民政府授予"人民艺术家"的称号。

《革命老人——无产阶级教育家徐特立》

徐特立是一代伟人毛泽东的老师。他出生在贫苦家庭，大部分时间生活在动荡艰苦的年代；他刻苦勤奋，不畏艰辛，追求光明，一生勤俭，为革命培养了大量的人才；他对党和人民任劳任怨，鞠躬尽瘁。他坎坷奋斗的一生，留下了许多可歌可泣的故事。

《人生能有几回搏——新中国第一个世界冠军容国团》

容国团先后担任中国乒乓球队运动员、女队主教练。获得1959年男子单打世界冠军；1961年夺得男子团体世界冠军；作为中国女队主教练，1965年率女队第一次夺得女子团体世界冠军。他的"人生能有几回搏"的豪言，举国传诵。

《石油工人一声吼　地球也要抖三抖——铁人王进喜》

王进喜，新中国第一批石油钻探工人。他为祖国石油工业的发展和社会主义建设立下了不朽的功勋，在创造了巨大物质财富的同时，还给我们留下了宝贵的精神财富——铁人精神。他被评为"百年中国十大人物"，写入中华民族的光辉史册。

《做人民需要我做的事——著名地质学家李四光》

李四光是一位伟大的科学家，他一生从事地质学研究工作，足迹遍布祖国的山川，为祖国探明了许多地下宝藏；他创建了崭新的学说——地质力学；他历尽重重困难，为正确认识地质构造开辟了一条新路。

《中国化学工业的先驱——著名化学家侯德榜》

为摆脱纯碱需要进口的窘况，20世纪初，怀着"实业救国"梦想的中国化工先驱侯德榜等人创办了永利碱厂，并立志生产出中国人自己的碱。1926年，永利碱厂终于成功地生产出"红三角"牌纯碱，从此中国制碱业得以跨入世界先进行列。

《毕生求是 一丝不苟——著名科学家竺可桢》

著名科学家竺可桢献身科学研究；治学严谨，一丝不苟；一生廉洁，两袖清风；作风民主，爱护学生。他以爱国之心、报国之志，从一个民主主义者逐渐成长为一个共产主义战士。

《热爱自然的大地之子——著名植物学家蔡希陶》

蔡希陶，五十载风雨，五十载坎坷，五十载奋斗，五十载开拓，为了发现对人类生产、生活有用的植物及新物种的引进而做出巨大贡献，在中国的植物资源学史上将永远镌刻着他的名字。

《高洁无私的襟怀——知识分子的楷模蒋筑英》

蒋筑英是中国当代知识分子的先锋典范，他不为名，不为利，尊重科学；他以坚忍的毅力和顽强的作风，在科学的道路上呕心沥血，鞠躬尽瘁，无私地奉献了青春和生命。

《迎接新生命的天使——卓越的妇产科专家林巧稚》

林巧稚是国内外享有盛誉的妇产科专家。在五十多年的医学教育和临床实践中，林巧稚亲自接生了五万多婴儿，治愈了数千病人，培养了数以百计的专门人才，为我国的妇女儿童事业做出了不可磨灭的贡献。

《独自成千古 悠然寄一丘——国画大师张大千》

张大千是20世纪中国画坛最具传奇色彩的国画大师，无论是绘画、书法、篆刻、诗词无所不通。在艺术界深得敬仰和追捧，艺术家们用真挚的感情，用绘画和雕塑展现了"张大千"多彩的艺术形象。

《建造中国的通天塔——著名数学家华罗庚》

中国当代著名数学家华罗庚，为中国数学的发展做出了无与伦比的贡献，他是中国解析数论、典型群、矩阵几何等多方面研究的创始人与开拓者，也是我国最早将数学理论研究与生产实践紧密结合的科学家。

《问鼎长天　强我国威——两弹元勋邓稼先》

邓稼先是我国著名科学家，参加组织和领导我国核武器的研究、设计工作，从对原子弹、氢弹原理的突破和试验成功及其武器化，到新的核武器的重大原理突破和研制试验，作出了重大贡献。是我国核武器理论研究工作的奠基者之一，被誉为"两弹元勋"。

《敢叫天堑变通途——桥梁专家茅以升》

中国著名的桥梁专家茅以升从小立志为祖国建造桥梁，经过不懈努力，他不仅设计建造了一座座宏伟壮观、坚固实用的道路桥梁，而且搭建了一座座友谊之桥，为祖国建设作出了卓越贡献。

《蘑菇云之梦——核物理学家钱三强》

被誉为"中国原子弹之父"的核物理学家钱三强，更名后立志于科技报国；24岁投师于世界著名核物理学家居里夫妇；与夫人何泽慧合作，发现铀的"三分裂""四分裂"现象；统领我国的原子大军，做了大量创造性工作。

《两离桑梓地　满怀雪域情——领导干部的楷模孔繁森》

孔繁森，是一位一尘不染、两袖清风的好干部。两次进藏工作，历时十载，为西藏的建设、发展和稳定作出了突出的贡献。1994年11月，孔繁森不幸以身殉职。人民群众称他为新时期领导干部的楷模。

《摘取数学皇冠上的明珠——著名数学家陈景润》

陈景润是享誉世界的数学家，为了证明"哥德巴赫猜想"，他以惊人的毅力在数学领域里艰苦跋涉，终于攻克了世界著名数学难题"哥德巴赫猜想"中的"1+2"，创造了中国乃至世界数学史上的辉煌。

《学术独步　饮誉四海——享有国际威望的科学家卢嘉锡》

卢嘉锡是一位在国际科学界享有崇高威望的物理化学家、化学教育家和科技组织领导者。1945年，卢嘉锡满怀"科学救国"的热忱回到祖国，对中国原子簇化学的发展起了重要推动作用，他所指导的新技术晶体材料科学研究，也取得了重大成绩。

《德艺双馨　梨园楷模——著名豫剧表演艺术家常香玉》

常香玉1941年赴陕甘演出。1948年在西安创办香玉剧社。1951年为支援抗美援朝，率剧社巡回西北、中南、华南各地演出，以演出收入捐献"香玉剧社号"战斗机一架，素有"爱国艺人"之誉。

《文学大师　激流勇进——著名作家巴金》

本书以巴金生平和主要事迹为线索，回顾和展示现代著名作家巴金的一生，以期让人们看到巴金在这风云变幻的100多年中，有过成功的欢欣，有过屈辱的磨难，有过痛苦的忏悔，有过平静的安宁。巴金的人生，映照着一代中国五四知识分子坎坷而不平凡的命运。

《壮心系科学　孜孜为国昌——理论化学家唐敖庆》

本书讲述了唐敖庆从出国求学、学业有成、回国任教，到服从安排、艰苦工作、刻苦钻研，最终成为中国量子化学奠基者的过程。让人们看到了这位著名化学家的赤心爱国、严谨治学、大公无私的崇高品格和科研上的卓越成就。

《中国导弹之父——著名科学家钱学森》

当第一颗原子弹升空的时候，当中国的人造卫星奏响《东方红》的时候，当中国运载火箭腾空而起的时候，当中国研制的导弹准确命中目标的时候，人们都会想起他的名字：中国导弹之父钱学森。

《中国近代力学的奠基人——著名科学家钱伟长》

钱伟长曾以中文和历史两个100分的成绩考入清华大学。九一八事变后，钱伟长毅然放弃了文科的学习而转为理科。他是中国近代力学、应用数学的奠基人之一，在固体力学、流体力学以及航空航天领域，取

115

高洁无私的襟怀
——知识分子的楷模蒋筑英

得了卓越的成就，为新中国的现代化建设付出了毕生的精力。

《中国光学科学的奠基人——著名科学家王大珩》

王大珩是我国著名的科学家，中国光学科学的奠基人。他先在清华就读，后赴英国求学，学业有成，立志科学救国，其成就享誉神州。他以科学的求是精神和赤诚的爱国情怀，探索着中国光学发展的闪光之路。